Korea Godfather

코리아갓파더

BBULMEDIA FANTASY STORY

Korea Godfather

코리아갓파더

정사부 현대 판타지 소설

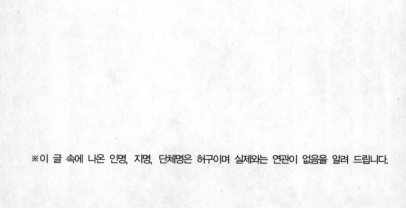

contents

1.
장례식 그리고 범인

성환은 전화 너머로 울먹이는 수진의 목소리에 정신이
없었다.

누나가 죽었다는 말은 그의 눈앞을 새하얗게 만들기 충
분했다.

"누, 누나가……."

분명 피해자 보호프로그램에 의해 경호하는 사람이 있
었을 터…….

어떻게 이런 일이 일어날 수 있는지 도저히 믿을 수가
없었다.

수진의 일을 처음 들었을 때보다 성환에게 더 큰 혼란
으로 다가왔다.

몸에 힘이 빠지고, 정신은 아득해져 전화기 너머로 우는 수진의 목소리가 멀어졌다.

이게 무슨 일이란 말인가? 누나가 죽다니.

성환은 방금 전 들은 이야기가 현실인지 아니면 누군가의 질 나쁜 장난인지 분간이 되지 않았다.

이 세상에 달랑 셋이던 피붙이가 이젠 둘만 남게 되었다.

일가친척 없는 자신의 집안이나, 고아로 홀로 자수성가했던 매형.

이제 가족이라고는 누나와 조카인 수진 그리고 자신뿐.

그 때문에 누나는 자신에게 얼른 결혼을 하라고 얼마나 들들 볶았던가.

자신의 직업이 직업이다 보니 연애는 도중에 파토가 나기 십상이었다.

또 작전을 나갔다 부대원을 잃은 일과, 백두산에서 얻은 기연 때문에 한동안 연애를 하지 않았다.

그러다 보니 어느새 나이를 먹어 서른 중반이 되었다.

그것 때문에 누나로부터 많은 구박도 받았다.

남들은 명절이면 가족들이 모여 웅성웅성하는 것 때문에 피곤하다지만, 자신의 집안은 너무도 없어 황량하기만 했다.

더욱이 두 집안의 가족이 달랑 셋이니 이건 뭐 하늘에

서 뚝 떨어진 그런 외계인 가족도 아니고 참, 누나의 넋두리를 듣다 보며 한없이 미안한 마음이 들었다.

성환은 그럴 때면 누나에게 아직 젊으니 재혼을 하라는 말로 되받긴 했지만, 지금에 와선 그것도 미안해졌다.

이젠 누나의 그런 잔소리도 들을 수 없게 되었다.

아무 여자나 붙들고 결혼을 해 누나의 마음이라도 편하게 해 줬어야 했다는 생각이 들었다.

적어도 누나의 걱정을 덜어 주지 못한 자신이 지금에 와서야 후회가 되었다.

아직 날이 밝으려면 한참이나 시간이 남았지만 그때까지 기다릴 수가 없었다.

홀로 병원 영안실에 있을 누나와 그것을 지킬 조카가 생각이 났다.

일단 조카가 걱정이 된 성환은 실례를 무릅쓰고 진성에게 전화를 했다.

비록 얼마 전 알게 된 사람이지만, 그런 쪽의 사람들은 돈만 있다면 믿을 수 있으리라.

"여보세요. 예, 얼마 전 의뢰 맡겼던 성환입니다. 늦은 시간에 미안한데, 바로 노세 병원 영안실로 가서 내 조카를 좀 지켜 주었으면 합니다. 의뢰입니다."

성환은 진성과 통화를 하며 간략하게 무슨 일이 벌어진 것인지 알려 주며 조카 수진의 신변 보호를 요청했다.

자신이 알고 있는 사람 중에서 그나마 믿고 맡길 수 있는 사람이기 때문이었다.

물론 찾아보면 더 많은 사람이 있겠지만 최근에 연락을 하고 있는 사람 중에서 누군가로부터 조카를 지켜 줄 수 있는 무력을 가진 이 중에서 믿을 사람이 진성뿐이기 때문이다.

이들은 계약 관계에 대해 철저하다 들었으니 믿을 수 있다.

더욱이 동기인 최세창이 믿지 못할 이를 소개했을 리가 만무하기에 다른 자들 보단 믿을 수 있었다.

진성과 통화를 마친 성환은 아직 부대 사령관이 출근하려면 아직 한참이나 남은 시간이지만 일단 마음이 급해 몸을 추슬러 부대 일직 사령에게 보고를 하고 일단 누나의 시신이 안치된 병원으로 출발을 하였다.

◆　　◆　　◆

한편 예상치 못한 상황 때문에 여자를 그 자리에서 죽이고 도망쳤던 박원춘은 한참 달리다 자신을 부른 목소리가 여자였다는 것이 이제야 생각이 났다.

겨우 여자라면 그렇게 급하게 일을 처리할 필요도 없었다는 생각에 더 아깝다는 생각이 들었다.

그래서 그는 발길을 돌려 자신이 여자를 죽였던 장소를 다시 돌아가 보았다.

현장에 도착을 하니 어떤 여자가 죽은 여자의 시신을 안고 울고 있는 것이 보였다.

'아! 저게 다음 표적이구나. 제길, 너무 놀라 여자를 죽이고 말았는데…… 아깝군. 조금만 침착했어도 한꺼번에 다 처리할 수도 있었는데!'

박원춘은 후회를 하며 수진을 향해 조심스럽게 접근을 하였다.

하지만 막 수진에게 30m쯤 접근했을 때 큰길 반대쪽에서 경광봉을 든 경찰들이 뛰어오는 것이 보였다.

접근하던 박원춘은 급히 몸을 숨겼다.

그리고 조금 뒤 구급차가 와 시체와 여자가 사라지는 것을 지켜볼 수밖에 없었다.

"아깝네! 한꺼번에 끝낼 수 있는 좋은 기회였는데!"

박원춘은 너무 놀라 아까운 기회를 날린 것이 아쉬웠다.

영안실 맞은편 대기실.

수진은 경찰과 함께 얼마나 그곳을 지키고 있었는지 모

른다.

경찰은 한 이야기 또 하고, 잠시 있다 또 같은 질문을 반복하고 있었다.

"학생, 그러니까 범인의 얼굴을 보지는 못했단 말이지?"

"……그렇다니까요. 아저씨들도 현장에 오셔서 보셨겠지만, 어두운 곳이라 제가 있던 곳에선 범인의 얼굴을 볼 수가 없었어요. 이제 그만하면 안 돼요?"

"음, 그럼 범인을 잡긴 힘든데……."

경찰은 아까부터 잡기 '힘들다'란 말만 반복하며 인상을 구기고 있었다.

그런 경찰들의 말에 지친 수진은 어서 외삼촌이 오기만을 기다렸다.

이때 한 남자가 다가와 수진에게 말을 걸었다.

그는 바로 수진이 실종되었을 때, 그녀를 찾기 위해 성환이 고용했던 김진성이었다.

"안녕, 나는 김진성이라고 한다. 수진이 맞지? 네 외삼촌이 보낸 사람이야."

"외삼촌이요?"

수진은 낯선 남자가 다가오는 것에 놀라 움츠렸다.

그런데 외삼촌을 언급하며 다가왔다.

외삼촌이 보낸 사람이라고 하니 조금 안심이 되긴 했지

만 그래도 몇 시간 전 엄청난 일을 겪다 보니 안심이 되기보다는 진성이 의심스러웠다.

"저희…… 외삼촌은 어떻게 아시는데요?"

수진과 진성이 이야기를 하자 옆에 있던 경찰이 진성에게 다가와 물었다.

"피해자와 어떤 관계입니까?"

경찰이 묻자 진성은 자신이 이곳에 온 목적을 이야기했다.

"난 아무런 상관이 없는 사람입니다. 다만 여기 수진 양의 외삼촌인 정성환 대령님으로부터 부탁을 받고 왔습니다."

진성은 자신이 여기까지 오게 된 경위를 차근차근 설명하기 시작했다.

"여기 수진 양의 외삼촌께서는 이번 사건 때문에 혼자 남은 조카가 걱정이 돼 제게 먼저 수진 양을 보호하라는 연락을 한 것입니다."

경찰은 진성의 말을 듣고 수진을 돌아보았다.

그의 말이 사실인지 확인하기 위해서였다.

"아, 아……."

그런데 옆에서 듣던 수진은 진성이 외삼촌의 성함을 말하자 조금은 안심했는지, 갑자기 다리에 힘이 풀려 자리에 주저앉고 말았다.

사실 말은 하지 않았지만 수진은 많이 긴장하고 있었
다.

자신의 눈앞에서 사람이 죽는 것을 목격했다.

그리고 피해자가 자신의 엄마란 것을 알고 엄청난 충격
을 받았다.

그렇다고 넋 놓고 있을 수만은 없었기에 아직까지 정신
을 차리려 노력하고 있었다.

떨리는 마음을 다잡고 세상에서 유일하게 의지할 수 있
는 외삼촌에게 전화를 하였다.

비록 외삼촌이 멀지 않은 곳에 있기는 하지만 군인이란
신분 때문에 함부로 움직이실 수 없다는 것을 잘 알고 있
는 관계로 오시려면 날이 밝아야 오실 수 있음을 안다.

비록 경찰이 옆에 있지만 사실 무척 무서웠다.

아니, 사실은 경찰조차도 무서웠다.

그걸 다른 사람에게 표했다가는 더욱 무서운 일이 벌어
질 것 같아 두려웠다.

그런데 이렇게 외삼촌께서 자신을 걱정해 아는 사람을
보냈다는 말에 긴장이 풀렸다.

긴장이 풀린 수진은 다리만 풀린 것이 아니라 엄마가
자신의 눈앞에서 죽는 것을 본 충격이 한꺼번에 몰려들어
기절하고 말았다.

기절하는 수진을 붙든 진성은 얼른 경찰들에게 소리쳤다.

"미안하지만 병실 하나만 잡아 주십시오! 어서요!"

경찰들은 그녀의 모습에 당황하다, 진성이 지르는 소리에 정신을 차리고 병실을 수소문했다.

늦은 시각이라 업무 처리가 좀 늦긴 했지만 그래도 빈 병실이 있어 기절한 수진을 누일 수는 있었다.

◈   ◈   ◈

정보사령부에서 누나의 시신이 안치된 병원까진 사실 한 시간도 걸리지 않는 거리였다.

하지만 성환이 병원에 도착한 것은 새벽 3시가 넘어서였다.

이는 늦은 저녁시간이라 보고 절차 때문에 시간이 늦어져 그렇게 되었다.

또 시간이 아침이나 낮 시간이었다면 자신에게 할당된 군 차량을 이용했을 것이지만 지금 시간이 너무 늦은 시간이라 어쩔 수없이 일반 교통편을 이용해야 했다.

이 때문에 늦은 시각 군부대 앞에 지나갈 차량이 얼마나 될 것인가.

다행히 빈 택시가 한 대 지나가 그것을 억지로 잡아타고 병원까지 왔다.

성환은 도착하자마자 병원 접수처에 물었다.

"혹시 이곳에 40대 초반의 여성 시신과 함께 온 여학생이 어디 있는지 아십니까?"

누나의 시신을 확인하는 것도 중요하지만 얼마 전 힘든 일을 겪은 조카가 걱정이 된 성환은 일단 수진의 행방을 물었다.

그러자 병원 로비에 있던 경찰 한 명이 성환의 곁으로 다가와 경례를 하며 물었다.

"실례합니다, 혹시 정성환 대령님이십니까?"

경찰은 군복을 입은 성환에게 경례를 하며 그의 가슴에 있는 이름을 확인했다.

"그렇습니다, 혹시 내 조카가 어디 있는지 알고 있습니까?"

성환은 급하게 수진의 행방을 물었다.

경찰은 성환의 신분을 확인하고 수진의 병실로 안내했다.

그런데 수진의 병실 앞에 있던 경찰은 다가오는 성환의 얼굴을 보며 고개를 갸웃거렸다.

처음 봤을 성환의 얼굴이 너무도 낯이 익기 때문이었다.

사실 그가 바로 성희에게서 수진의 실종 신고를 접수받았다가 성환에게 개박살 난 그 장본인이기 때문이다.

'허업! 그럼?'

그제야 그는 조금 전 자신들과 이야기하던 피해자의 딸이 누구인지 깨달았다.

수진의 정체를 깨닫자 경찰은 혹시 이번 사건이 단순 부녀자 살인사건이 아닌 계획적인 보복 살인은 아닌가, 하는 의심을 하게 되었다.

성환이 다가오자 입구에 있는 그는 얼른 의자에서 일어나 성환에게 고개를 숙이며 인사를 했다.

"또 뵙는군요."

"그렇군요."

성환은 간단하게 인사만 하고 병실 안으로 들어갔다.

그 경찰을 이번이 두 번째 보는 것이지만 그때나 지금이나 별로 좋지 못한 상황에서 만나는 것이라 성환은 더할 말을 찾지 못하고 바로 병실로 들어간 것이다.

병실로 들어가자 가장 먼저 들어오는 것은 진성이 침대 앞에 장승처럼 버티고 있는 모습이었다.

자신의 부탁을 들어준 그에게 무척이나 고마움을 느꼈다.

"고맙습니다."

"아닙니다."

늦은 시각 급하게 연락을 했는데, 거부감 없이 이렇게 나와 준 것에 성환은 무척이나 고맙게 생각했다.

"내가 왔으니 이만 가 보셔도 됩니다."

성환은 그런 진성에게 권유했다.

아직까지 성환은 진성이 신분을 숨기기 위해 흥신소를 운영을 하고 있는 것을 모르고 있었다.

그렇기 때문에 자신의 동기인 최세창 중령을 통해 알게 된 흥신소 사장에게 이런 부탁까지 하게 된 것이 너무도 미안하고, 또 이 늦은 시각에 자신의 전화 연락에 별다른 거부 없이 들어준 것에 진심으로 감사했다.

하지만 진성은 성환을 대하는 것이 조심스러웠다.

자신의 상관인 최세창 중령으로부터 아주 중요한 인물이니 성환의 말을 잘 들으라 했기 때문이다.

또한 성환과 관련된 사항은 빠짐없이 보고를 하라는 지시를 받았다.

진성은 성환의 부탁으로 새벽에 수진을 찾아오기 전 집을 나서며 최세창 중령에게 보고를 했다.

늦은 시각이지만 아주 중요한 문제라 보고를 늦출 수 없었다.

이는 성환에 대한 보고는 어떤 것이든 지급으로 보고를 하라는 명령을 받은 때문이다.

"그럼 전 이만 들어가 보겠습니다."

성환이 왔으니 자신은 이만 집에 가야 했다.

'어느 놈이건 걸리기만 해라!'

한 달 전 그때 했던 맹세를 다시 굳히는 성환.

하지만 그때와 다른 것은 실종된 수진을 찾는 것이 우선이기에, 모든 일이 수진의 상태에 집중할 수밖에 없어 처벌은 법에 맡겼다.

물론 법이 제대로 된 처벌을 하지 못하자 자신이 직접 나서서 놈들을 죽을 때까지 자신이 저질렀던 잘못에 대한 죄를 반성하라는 취지로 평생 안고 갈 고통을 선사했다.

비록 성에는 차지 않지만 아무리 자신이 초인적인 능력을 가지고 있다고 하지만 인명은 중요한 것이니 그 정도에 멈췄다.

하지만 지금은 그때와 다르다.

자신의 누나가 싸늘한 시신으로 병원 영안실의 차디찬 냉장고에 들어가 있다.

10여 년 전 자신이 작전을 나갔다 부하들을 모두 잃고 실의에 빠졌을 때도, 그리고 결혼을 약속했던 미영과 결별을 했을 때도 언제나 자신의 곁에서 위로를 해 주던 누나가 더 이상 이 세상 사람이 아닌 것이다.

성환에게 누나는 단순한 피붙이 한 명이 아니다.

사실 성환이 익히고 있는 뇌정신공은 완벽한 무공이 아니었다.

너무도 강맹한 뇌정신공은 이름에서도 알 수 있듯 자연 상태에서 가장 강력한 힘은 번개의 힘을 다루는 무공.

그 때문인지, 아니면 성환이 그것을 완벽하게 깨닫지

못해서 그런 것인지, 이유는 알 수 없지만 때때로 기운을 통제하기가 힘들 때가 있었다.

날뛰려는 기운을 제어하는 것이 여간 힘든 것이 아니었다.

아무도 걷지 않은 미지의 세계를 홀로 걸어야 하기 때문에 성환의 마음이 흔들릴 때가 가끔 있었다.

하지만 그런 때면 누나의 얼굴이 떠올랐다.

성환에게 누나는 그저 형제 이상의 그 무엇이었다.

법적으로는 단순히 누나였지만, 일찍 부모님을 여의고 부모의 역할을 대신했던 존재였다.

그에게는 가장 의지가 되는 사람이기도 했다.

그런데 그런 존재가 이젠 이 세상에 없다.

성환이 폭주할 때 제어해 줄 마음의 고향이 사라져 버린 것이다.

그동안 아무리 힘든 일이라도 누나가 있기에 참았다.

아무리 억울한 일이 있어도 누나가 있기에 넘어갈 수 있었다.

그동안 모든 것을 참아 왔는데, 그 결과가 이것이란 말인가?

누나의 죽음을 보게 되니 지금까지 자신이 참는 것만이 최선인가, 하는 생각이 들었다.

그렇지만 이젠 아니다.

비록 조카 수진이 있긴 하지만, 수진은 자신이 돌봐 줘야 할 존재지 자신이 의지할 존재가 아니었다.

조카에게서 전화를 받고 사고 당시 상황을 설명 받았지만 아무리 생각해도 이 사고가 단순한 사고 같지 않았다.

하지만 현재 어떤 정황 증거도 없는 마당에 무척대고 자신이 나설 수는 없었다.

군인의 신분이고, 또 누나의 장례를 치르는 것이 우선이기 때문이다.

속에서 끓어오르는 분노는 잠시 눌러 둬야 만했다.

가슴은 비록 분노로 끓어오르지만, 머리만큼은 그 어느 때보다 더 냉정해야 한다고 가슴이 말하고 있었다.

그리고 성환도 그것이 범인을 잡고 그 배후를 찾을 수 있다는 것을 너무도 잘 알기 때문이다.

그리고 그들은…… 자신의 분노를 온몸으로 받아 내야 할 것이다.

◈　　◈　　◈

M&S엔터의 사장 최신규는 자신의 사무실에서 술을 마시고 취해 잠이 들었다.

그런데 이때 무척이나 요한하게 울리는 전화벨 소리에 잠이 깼다.

"음, 음…… 음. 내가 얼마나 마신 거야……."

낮에 있던 재판 때문에 화가 나 마시기 시작한 술 때문에 속이 쓰려 왔다.

"우욱! 여보세요, 우욱!"

그렇지만 일단 전화를 받아야 하기에 울렁거리는 속을 억지로 다스리며 전화를 받았다.

"후우, M&S엔터 사장 최신규입니다."

최신규는 자신의 신분을 알리며 전화를 받았다.

그런데 수화기 너머로 다급한 최진규 전무의 목소리가 들렸다.

—형님! 저 진규입니다.

최진규 전무의 목소리에 최신규는 얼른 편안한 자세로 자리를 하고 물었다.

"무슨 일인데, 이 저녁에 전화를 하는 거야!"

기분이 좋지 않은 때, 아직 이른 시간에 전화를 한 것 때문인지 말투가 무척이나 날카로웠다.

그런 최신규의 기분은 상관하지 않고 최진규는 얼른 전화를 한 용건을 말하였다.

—그게 형님…… 수진이 엄마가 누군가에게 살해당했답니다.

아직 숙취로 속이 거북한 최신규는 울렁이는 속과 갈증으로 뭔가 마실 것을 찾다가 최진규 전무가 하는 말을 건

성으로 듣고 있었다.

그런데 순간 뭔가 중요한 말을 그냥 지나쳤다는 것을 깨달았다.

"뭐라고? 다시 한 번 말해 봐! 무슨 말이야?"

최신규의 물음에 진규는 천천히 반복하였다.

—그러니까…… 수진이 모친이 조금 전 누군가에 의해 살해당했다고요.

신규는 술이 확 깨는 느낌을 받았다.

뿐만 아니라 갑자기 등골을 쓸고 지나가는 차가운 한기를 느꼈다.

'올 것이 왔구나! 그 새끼들 그럴 줄 알았다. 이래서 망설였는데…….'

최신규는 결국 자신이 우려하던 일이 벌어졌다는 생각을 하였다.

하지만 이렇게 빠르게 일을 벌일 줄은 그도 몰랐다.

적어도 이번 사건이 사람들의 기억에서 잊힌 뒤에나 벌일 줄 알았다.

그래서 자신도 시간적 여유가 있을 것이라 판단하고 사업을 정리하려고 계획하였다.

그런데 이렇게나 일찍 일을 벌일 줄이야.

최신규는 갑자기 재판장에서 자신을 차갑게 노려보던 만수파 두목 최만수의 눈이 생각이 났다.

"일단 수진이 모친이 안치된 병원이 어디냐?"

최신규는 그래도 같은 사건 때문에 몇 번 안면을 익힌 수진의 모친의 마지막을 보기 위해 물었다.

어쩌면 그때 수진의 외삼촌이란 무서운 사람을 볼 수도 있을 것이다.

그럼 그에게 이번 일에 대해 물어볼 생각이다.

자신의 짐작이 맞을 것이란 생각을 하면서도, 혹시 자신이 잘못 짚은 것일 수 있는 일이기에 최신규는 신중하게 판단하기로 하였다.

그렇지만 자신의 재산을 정리하는 것을 보다 빠르게 진행해야 할 필요를 느꼈다.

"참, 회사를 정리한다고 알아보라고 한 건 어떻게 됐냐?"

신규는 혹시 재판이 잘못될 것을 대비해 최진규에게 지시를 내렸던 일에 대해서 물었다.

최신규는 만약 만수파나 사건에 연루된 이들이 무사히 풀려날지도 모른다는 생각에 준비를 하였다.

그것이 바로 최진규에게 회사 재산을 빼돌리는 것이었다.

─그게 현재 처분 가능한 것들은 일단 형님이 지시한 대로 스위스 은행에 송금을 했고, 부동산 같은 경우 좀 시간이 있어야 할 것 같아, 명의를 일단 노숙자 명의로 변경

했습니다.

최신규는 자신의 물음에 최진규가 잘 처리한 것 같아 안도하였다.

"그럼 회사는 누가 인수한다는 사람은 없었냐?"

최신규는 다른 것이 잘 풀렸으니 혹시나 하고 물었다.

하지만 뉴스에까지 나온 회사를 사려고 하는 사람들은 없었다.

아니, 기존 소속 연예인들이 위약금을 물고라도 회사를 이탈하려고 하는 상태에서 어느 누가 손해를 보며 M&S 엔터를 사려고 하겠는가?

—그게……

최진규의 흐릿한 말에 최신규도 역시나라 생각했다.

작은 기대가 허물어지자 낙담을 하였다.

"알았다. 그럼 일단 병원으로 먼저 가 보자."

최진규 전무와 통화를 끝낸 최신규는 잠시 자리에서 뭔가 고민을 하더니 자리를 박차고 일어나 밖으로 나갔다.

◈　　◈　　◈

병원에 성희의 빈소가 마련되었다.

보통 이런 사건이 일어나면 경찰 수사 때문에 여러 가지 복잡한 절차를 겪어야 하지만 성환의 강력한 요구로 간단하게 검시의의 소견서를 바탕으로 일찍 장례를 치룰 수 있게 되었다.

성환은 아무리 친족이라 하지만, 부검을 볼 수 없기에 누나의 장례 준비를 하면서도 따로 검시의의 소견을 들었다.

누나의 사망 원인은 등 뒤에 난 자상(刺傷).

7번과 8번 늑골 사이를 정확하게 찌르고 들어간 날카로운 흉기가 45도의 각도로 비스듬히 들어가 심장을 관통해 즉사했다는 것이었다.

이는 범인이 단순한 우발적 범행이 아니란 것을 보여주고 있었다.

사실 사람의 신체는 특히나 상체는 주요 장기가 밀집되어 있기에 뼈에 둘러싸여 있다.

특히나 심장은 그 중요도 때문에 가슴의 중앙에 위치해 있어 심장을 찌르기 위해서는 갈비뼈의 방해를 받는다.

그런데 누나를 찌른 상처는 정확하게 뼈와 뼈 사이를 비집고 들어가, 정확하게 심장을 찌른 것이다.

이런 찌르기는 절대로 평범한 사람이 할 수 있는 것이 아니다.

전문적인 교육을 받은 킬러만이 할 수 있는 기술.

검시관의 말을 듣고 성환은 역시나 자신의 예감이 맞았다는 것을 깨닫고 그 누군가를 향해 분노했다.

하지만 그런 내면의 분노를 결코 밖으로 표현하지 않았다.

성환은 자신의 무공 실력이 늘어날수록 인간이 아니게 되어 간다는 것을 알고 있었다.

그리고 지금 높은 무공 실력 때문인지 분노하면서도 겉으로는 무척이나 평온한 모습을 보이고 있어 모르는 다른 사람은 오해할 수도 있을 정도였다.

하지만 성환의 성격을 아는 사람들이라면 겉으로 보기에 참으로 냉정한 사람이라 판단을 하겠지만 그가 얼마나 분노하고 있는지 알 것이다.

그렇지만 이 자리에는 그런 성환의 심정을 알고 있는 이는 아무도 없었다.

사망 원인이 등 뒤에서 찌른 자상으로 심장이 관통되어 죽은 것이라 결론이 났다.

성희의 사망 원인이 나오자, 경찰들은 하루라도 빨리 범인을 잡기 위해 사건 현장 일대의 CCTV를 확인하는 등 빠르게 움직였다.

그 이유는 검시의의 소견으로 범인은 전문적으로 사람을 죽이기 위한 특수 훈련을 한 자라는 소견을 보였기 때문이다.

그건 사건 당시 목격자인 수진의 증언에서도 볼 수 있었다.

짧은 시간에 벌어진 사건이기에 처음 경찰들은 이번 사건이 우발적으로 벌어진 살인 사건이라 판단했다.

그렇지만 검시의의 소견을 듣고는 이번 사건이 우발적이든 아니면 계획범죄든 범인을 하루라도 빨리 잡아야 더 많은 피해자가 나오는 것을 막을 수 있다고 판단했다.

그리고 범인이 특수훈련을 받은 것 같다는 판단 아래 특수부대 출신의 범죄자들을 찾아다니기 시작했다.

수사팀 내부에서는 비상이 걸렸다.

전문적 훈련을 한 사람이 연루된 일이라 자신들의 생명도 위협받을 수 있기 때문이었다.

아무튼 누나의 사인이 밝혀지고 성환은 빠르게 장례 준비를 했다.

젊어서 고생한 누나가 가는 길마저 고생하며 힘들게 가게 할 수 없다는 생각에 그리 조치하였다.

물론 또 다른 한편으론 누나의 장례를 빠르게 끝내고 범인을 자신의 손으로 잡아 처단하기 위해서였다.

혹시라도 누나의 장례가 끝나기 전에 범인이 경찰에 잡히면 늦기 때문이었다.

누나의 빈소가 차려지고 가장 먼저 온 것은 성환에게 연락을 받아 수진을 지키러 왔던 진성이었다.

그 다음으로 도착한 것은 성환의 육사 동기들.

물론 연락은 진성에게 사고 소식을 들은 최세창 중령이

하였다.

그 때문에 장례식장에는 군인들로 바글바글 거렸다.

일가친척이 없는 성환에게 손님이라 봐야 군인들 외엔 없는 것이 당연했고, 연락을 받은 사람들이 모두 군인들이었기에 성환과 안면이 있는 사람들은 죄다 성희의 장례식장에 왔다.

"……감사합니다."

성환은 문상을 온 사람들을 맞으며 맞절을 하고 와 준 것에 대하여 고마움을 표했다.

성환이 손님을 맞고 있을 때, 수진은 정신이 나간 것처럼 멍한 시선으로 엄마의 영정 사진을 보고 있었다.

환하게 웃고 있는 엄마의 사진을 보며 수진은 아무런 표정을 지을 수가 없었다.

아니, 넋이 나가 마치 인형처럼 생기가 하나 없었다.

생기 없는 조카의 모습에 성환은 그녀의 옆으로 다가가 다정하게 말을 하였다.

"수진아, 힘들면 들어가 쉬고 있어라."

성환의 말에 수진은 잠시 성환을 돌아보다 말없이 고개만 흔들었다.

자신의 말에 힘없이 고개만 흔드는 수진의 모습에 성환은 아무 말 없이 조카를 살짝 안아 주었다.

"너무 걱정하지 마, 엄마는 좋은 곳으로 가셨을 거야.

그리고 이 삼촌이 범인을 꼭 잡아 줄 테니 넌 참고 기다
려, 알았지?"

수진은 외삼촌의 약속에 눈을 반짝였다.

그 말이 사실인지 물어보듯 고개를 들어 외삼촌의 눈을
쳐다보았다.

수진은 외삼촌의 눈을 쳐다보다 깜짝 놀랐다.

자신 못지않게 굳어 있는 삼촌의 얼굴.

그런데 그 얼음 조각 같은 표정에서, 눈은 보다 더 차
갑게 빛나고 있었다.

검고 검은 눈동자 깊은 곳, 자신의 영혼까지 빨아들일
것 같은 그 심연보다 깊은 곳에 새파란 불꽃이 일렁이는
것을 보았다.

영화의 악마를 보는 듯 그 파란 불꽃은 다가오는 것을
모두 얼려 버릴 것 같은 냉기를 뿜어내는 듯하였다.

수진은 자신도 모르게 부르르 떨었다.

자신이 알고 있던 외삼촌의 모습과 너무도 다른 모습에
두려움마저 느껴졌다.

현재 성환의 감정은 주체하기 힘든 분노로 인해 오히려
차갑게 얼어붙어 있었다.

"만약…… 범인을 잡게 된다면 그는 너와 내가 받은 고
통에는 미치지 못하겠으나, 그에 상응하는 대가를 받게
될 거다. 그러니 걱정하지 말고 조금만 기다려라, 알았

지?"

수진은 외삼촌인 성환의 말에 작게 대답했다.

"네……."

"그래, 힘들면 삼촌에게 말하고. 지금은 잠시 들어가
쉬고 있어. 오늘과 내일만 참으면 된다."

성환은 장례 이틀째인 지금 어딘가를 응시하며 중얼거
렸다.

수진을 위로하고 밖으로 나온 성환은 한쪽에서 손님들
을 맞이하고 있는 진성을 불렀다.

아무래도 요 근래 진성을 자주 접하다 보니 많이 편했
다.

그리고 말은 하지 않았지만 진성과 자신의 동기인 세창
은 뭔가 연관이 있다는 것을 알게 되면서 믿게 되었다.

아마도 진성은 수진의 실종에 대해 세창에게 따졌던 일
로 그가 누나와 조카를 보호하기 위해 붙여 준 요원인 것
같았다.

비록 처음에는 의뢰 때문에 만난 사이지만, 진성이 하
는 행동이나 때때로 단순한 의뢰인에 대한 서비스라고 보
기 지나친 진성의 행동을 보고 또 어제, 오늘 세창과 진성
이 있는 모습을 지켜보며 내린 결론이었다.

일을 보고 있던 진성은 성환의 부름에 얼른 하던 일을
멈추고 다가왔다.

"시키실 일이라도 있으십니까?"

성환은 작게 자신이 하고자 하는 일을 부탁했다.

주변에 사람들이 있기에 진성만 들을 수 있게 말을 하였다.

"다른 것이 아니고, 이번 사건이 혹시 수진이 일과 연관이 있는지 좀 알아봐 주십시오."

진성은 성환의 말에 눈을 반짝였다.

확실히 의심해 볼 만하였다.

지상파 삼 사를 비롯해 케이블 TV에서까지 떠들어 대며 엄청난 이슈를 불러일으키던 사건이 용두사미처럼 흐지부지 수그러들었다.

더군다나 요란했던 사건과는 다르게 겨우 피라미 몇 마리만 처벌을 받았다.

그것도 사건의 심각성에 비해 너무도 솜방망이와 같은 처벌이었다.

미성년자 약취유인이란 죄를 저질렀는데, 이 죄는 폭행이나 기망 행위 등으로 미성년자를 실력자의 지배하에 두게 하는 범죄이고, 그 죄의 형량은 10년 이하의 징역형이다.

그리고 수진의 일처럼 성폭행이 있을 것을 알면서도 행한 일이라면 1년 이상의 유기징역형이다.

즉, 최하 1년 이상 10년 이하의 징역형이다.

그런데 법원에선 범인으로 지목된 M&S엔터의 매니저로 위장 취업하고 있던 만수파 조직원들이 자수를 했다는 이유로 징역 3년을 선고하였다.

이는 죄질에 비해 너무도 가벼운 솜방망이 처벌이었다.

그리고 이 것은 누가 봐도 보여 주기식 판결이었다.

더욱이 직접적으로 수진이나 그녀의 동료들을 집단 성폭행했던 이들은 증거 불충분과 정신적으로 판단을 하지 못하는 상태에서 벌어진 일이기에 기소 중지 명령이 떨어졌다.

이 때문에 많은 사람들이 재판에 대해 말들이 많았지만 일단 판결이 떨어졌기에 사건은 그렇게 종결되었다.

이런 정황으로 봐 분명 누군가 압력을 행사했다는 것을 미뤄 짐작할 수 있었다.

그렇다면 이번 사건을 일으켰던 사람들은 이번 일을 크게 만든 사람을 그냥 두고 보지는 않을 것이란 사실은 쉽게 유추할 수 있었다.

그런 생각이 들자마자 진성은 감각적으로 일이 이대로 끝나지 않을 것이란 예감을 하였다.

사실 어찌 보면 그 사건과 죽은 수진의 엄마는 거리가 있는 존재.

그런데 그런 사람이 먼저 죽었다는 것이 뭔가 석연치 않았다.

어쩌면 수진의 엄마보다 수진이 그 사건과 직접적으로 연관이 깊으니 노렸다면 수진이 우선 목표였을 것이다.

그리고 일을 키운 M&S엔터의 사장도 목표였을 가능성이 높았다.

이런 생각을 하자 진성은 자신이 생각한 것을 성환에게 말하였다.

"대령님, 그런데 아무래도 이번 사건이 이렇게 끝날 것 같지 않습니다."

"이렇게 끝나지 않다니 그게 무슨 소리입니까?"

"그러니까."

진성은 자신의 생각을 이야기를 하였다.

그리고 이야기를 다 들은 성환은 이번 일이 누나의 죽음으로 끝나는 것이 아니라, 조카인 수진까지 위험할 수 있다는 말에 이를 악물었다.

성환은 짐작대로 이번 사건이 수진의 실종과 연관이 있던 자들이 꾸민 일이라면 수진도 안전하지 않다는 진성의 말에 더욱 화가 났다.

이렇게 이야기를 하다 보니 어제 다녀간 최신규의 말이 생각이 났다.

만수파에서 벌인 일 같다는 그의 말에 처음에 가능성은 있지만 그냥 흘려 넘겼다.

아니, 흘려들은 것은 아니었다.

가능성을 열어 두고 누나의 장례식이 끝나길 기다린 것이다.

하지만 진성의 이야기를 듣다 보니 가능성 정도가 아니라 확신이 들었다.

더욱이 검시의가 판단하기를 전문가의 솜씨라 했다.

정확하게 갈비뼈의 사이를 통과해 심장을 찔렀다는 소리에 성환은 범인이 무술의 고수이거나 아니면 자신과 같은 특수훈련을 받은 특수부대 출신일 것이라 생각했다.

정작 자신도 군에서 그런 살인술을 전문적으로 가르치고 있지 않은가.

◈   ◈   ◈

박원춘은 자신에게 떨어진 의뢰받은 일 중 하나를 처리했다.

마저 일을 처리하기 위해 장례가 치러지고 있는 곳에 잠입을 하여 타깃의 주변을 살폈다.

타깃의 주변에 그녀를 보호하기 위해 사람이 있나 살펴봤지만, 그녀의 주변에는 그런 사람이 보이지 않았다.

조금 의아한 생각이 들기도 했지만 자신에겐 그것이 나쁘지만 않았다.

'후, 저렇게 있어도 예쁘군!'

수진의 수척한 모습을 몰래 훔쳐보고 있던 박원춘은 속으로 그런 모습도 아름답다 생각했다.

확실히 수진은 연예인을 지망할 정도로 예쁘다.

그렇기에 만수파 똘마니들이 윗선에 잘 보이기 위해 억지로 차에 태워 난잡한 파티장에 끌고 간 것이니 말이다.

아무튼 박원춘은 장례식장 주변을 맴돌며 수진을 납치할 틈을 기다렸다.

언젠가는 빈소에만 머물던 수진이 사람들과 따로 떨어질 때가 있을 것이란 것을 알기 때문이다.

사람은 누구나 생리 현상을 겪는다.

특히 여자들은 그런 생리 현상이 벌어질 때, 남자와 다르게 오래 참지를 못한다.

그건 신체 구조상 그렇게 만들어졌기 때문이다.

◈　　◈　　◈

수진은 엄마의 빈소를 지키고 있다 갑자기 요의를 느꼈다.

이렇게 슬플 때에도 신체는 자신이 살아 있다는 신호를 보내고 있었다.

"삼촌…… 저 잠시 자리 좀."

옆에 있는 외삼촌에게 이야기를 하고 자리를 떴다.

빈소 밖으로 나온 수진은 여자 화장실을 가기 위해 걸음을 옮기다 이상한 것을 느꼈다.

'뭐지?'

수진은 자신의 감각에 너무 이상한 것이 느껴져 고개를 갸웃거렸다.

피부가 따끔하고 뒷골이 삐쭉 설 정도로 온몸을 얼어붙게 만드는 그 감각에 수진은 발걸음을 멈췄다.

수진은 화장실을 가다 말고 무언가 무서운 뭔가가 자신을 주시하는 것을 느꼈다.

그리고 주변을 살피다 누군가와 시선이 마주쳤다.

한 번도 본 기억이 없는 어떤 남자였지만 낯설지 않았다.

어디서 이런 생각이 든 것인지 모르지만, 어두운 그림자에 쌓여 있는 그 시선을 보자 그가 엄마를 죽인 범인이란 것을 알 수 있었다.

범인을 확인한 수진은 입이 떨어지지 않았다.

개구리가 뱀을 만난 것처럼 온몸이 굳어 움직이지 못했다.

그렇게 수진이 복도를 걷다 굳어 멈춰 있었지만 주변에 있는 어느 누구도 이를 이상하게 여기지 않았다.

한편 숨어서 수진을 주시하던 박원춘은 갑자기 수진과 눈이 마주치자 깜짝 놀랐다.

'헉! 아니 내가 여기 있는 것을 어떻게 알았지?'

잠시 놀랐던 박원춘은 그런데 수진의 상태가 이상하다는 것을 금방 깨달았다.

그건 자신과 눈이 마주쳤다는 것을 알았는데, 타깃이 아무런 행동을 보이지 않았기 때문이다.

'이것 봐라……!'

지금 수진의 상태가 어떻다는 것을 깨달은 박원춘은 살며시 주변을 살폈다.

장례식장이라 소란스럽기는 했지만, 자연스럽게 행동을 하면 들키지 않고 타깃을 빼돌릴 수 있으리라.

그러다 뭐하면 아깝기는 하지만 원래 의뢰대로 죽이고 도망치면 되는 일.

천천히 숨어 있던 곳에서 나와 수진의 곁으로 다가갔다.

수진은 자신의 곁으로 점점 다가오는 범인의 모습에 더욱 두려워져 꼼짝도 못했다.

'어떡해! 삼촌, 도와줘요!'

수진은 속으로 그렇게 외삼촌이 성환을 애타게 불렀다.

자신을 구해 달라고 말이다.

하지만 속으로 아무리 불러 보아도 수진이 무협지에 나오는 고수가 아닌 이상 성환을 부를 수 없었다.

범인은 다가오고 수진 자신은 두려움에 몸이 굳어 움직

이지도 소리를 지르지도 못하는 상황.

수진은 지금 자신이 절체절명의 위기에 처했다는 것을 깨달았다.

그렇게 수진이 벌벌 떨며 꼼짝 못하고 있을 때, 성환의 의뢰로 사무실에 전화를 하고 돌아오던 진성이 복도 가운데 멈춰 있는 수진을 보았다.

'어? 수진 양이 왜 저러고 있지?'

이상한 생각이 든 진성은 수진을 불렀다.

"수진 양! 거기서 뭐하고 있어?"

갑자기 들린 진성의 목소리에 수진을 향해 다가오던 박원춘은 후다닥 방향을 돌려 도망쳤다.

진성은 수진을 부르며 다가오다 주변에서 다급하게 멀어지는 발자국 소리에 얼른 수진에게 뛰어갔다.

한편 성환은 화장실에 간다던 수진이 돌아오지 않는 것에 의아한 생각이 들었다.

손님도 어느 정도 뜸해지자 일단 수진을 찾아보기로 했다.

아마도 엄마를 잃은 충격에 어디 쓰러진 것은 아닌지 걱정이 되었기 때문이다.

몸에서 기감을 퍼뜨려 주변을 살펴보았다.

'음, 저곳이군!'

멀지 않은 곳에 수진의 기척이 느껴졌다.

'그런데 왜 저러고 있는 거지?'

수진이 있는 곳으로 걸어가며 문득 이상한 생각이 들었다.

화장실을 가겠다며 나갔던 아이가 복도 가운데 서 있는 것이 이상했다.

이때 비상구 쪽에서 들오던 진성이 수진을 부르는 것이 들렸다.

"수진 양! 거기서 뭐하고 있어?"

진성이 수진을 부르는 소리가 들렸는데, 이때 이상한 것을 포착했다.

모습이 보이진 않았지만 무언가 계단을 타고 밑으로 다급하게 뛰어가는 소리가 들렸다.

성환은 자신도 모르게 빠르게 뛰기 시작했다.

몇 걸음 걷지 않아 수진의 곁에 도착했다.

"수진아, 무슨 일이냐?"

일단 수진의 상태가 이상해 질문했다.

그런데 성환은 수진으로부터 뜻밖의 말을 듣게 되었다.

"범인! 엄마를 죽인 범인!"

수진이 중얼거리는 소리는 성환의 귀에 천둥소리보다 크게 들렸다.

'뭐? 누나를 죽인 범인이라고?'

성환은 확인도 하지 않고 급하게 범인이 뛰어간 곳으로

뛰었다.

창문을 보니 저 멀리 뛰어가는 남자의 뒷모습이 보였
다.

도망치는 범인의 뒷모습을 확인한 성환은 아무 생각 없
이 2층 복도에서 창문을 열고 뛰어내렸다.

그리고 몸에 내공을 일으키며 도망치는 범인을 뒤쫓았
다.

성환은 백두산에서의 기연을 얻어 내공이란 것을 얻게
되었다.

그렇기에 남들과 다른 초인과 같은 힘을 가지게 되고,
그 힘으로 특전사 무술 교관으로, 또는 특급 작전의 자문
위원으로 활동을 했다.

2.
복수는 나의 것

장례식장에서 도망친 박원춘은 얼마나 달렸을까?

골목을 몇 번 접어 혹시 자신을 따라올 사람을 따돌렸다.

하지만 그는 생각하지 못한 것이 자신을 추적하던 사람이 보통 사람이 아니란 것을 알지 못한 것이 패착이었다.

"헉헉헉, 제길. 거기서 사람이 나올 것은 뭐람!"

박원춘은 급히 도망치느라 숨이 가빠 와 벽에 기대어 숨을 헐떡였다.

정말이지 무척이나 아까운 순간이었다.

"이번에는 확실하게 재미를 좀 볼 수 있었는데."

조금만 여유가 있었다면, 아니, 엉뚱하게 사람이 튀어

나오지만 않았다면 누구도 눈치채지 못하게 납치해 재미를 볼 수 있었다는 생각이 들자 무척이나 아깝다는 생각이 들었다.

정말이지 이번 일은 자꾸 옆에서 끼어드는 사람 때문에 목적을 재대로 이룰 수가 없었다.

첫 번째 표적도 그랬다.

중간에 사람만 껴들지 않았어도 즐기고 처리할 수 있었는데, 납치를 하던 중 들키는 바람에 그냥 처리하고 말았다.

그런데 이번에는 접근도 하기 전에 다른 사람의 방해로 목적도 이루지 못했다.

이 때문에 무척이나 아쉽다는 생각이 들었다.

이는 꼭 낚시꾼들이 놓친 고기가 더 대어(大魚)처럼 느껴지듯 지금 박원춘도 그런 생각이 여실했다.

이런 생각을 하던 박원춘 하지만 그의 생각은 더 이상 이어지지 못했다.

성환은 누나를 죽였다는 범인의 뒤를 추적하였다.

감히 누나를 죽이고, 이번에는 유일하게 남은 혈육인 조카 수진을 죽이려 누나의 장례식장까지 찾아온 범인을 그냥 두지 않겠다는 심정으로 추적했다.

기감을 퍼뜨려 그놈의 기척을 각인시켰다.

'그래, 그렇게 인적이 없는 곳으로……'

성환은 범인이 추적자를 떨치기 위해 골목길을 통해 자꾸 방향을 틀며 움직이는 것에 속으로 기뻐했다.

만약 사람이 많은 곳에서 범인을 잡으면 어쩔 수 없이 경찰에 인계해야 한다.

하지만 이렇게 골목을 들어가 인적이 없는 곳에서 범인을 잡게 된다면 그럴 필요가 없다.

자신이 범인을 잡아 빈 창고에 끌고 가 무엇 때문에 자신의 누나와 조카를 노린 것인지 알아낼 심산이었다.

그리고 그런 것을 알아낼 방법은 자신에게 무궁무진하게 많았다.

현대 각국의 정보부에서 알고 있는 고문이나, 자백을 받기 위해 개발한 갖가지 기술들보다 더 확실한 것을 자신은 알고 있기 때문이다.

자신만이 사용할 수 있는 그 수법을 사용한다면 범인은 자백을 하지 않고는 견디지 못할 것이다.

범인을 쫓던 기감을 더욱 펼쳐 주변을 살폈다.

성환이 그렇게 범인을 쫓던 것에서 주변까지 살핀 이유는 범인이 골목을 꺾어 멈췄기 때문이다.

그의 기감에 범인이 건물 모퉁이를 돌아, 보이지 않는 곳 그늘에 숨어 숨을 고르고 있는 것이 느껴졌다.

'여기까지가 네가 도망친 전부냐?'

성환은 빠르게 추적을 하면서도 그의 발자국 소리는 전

혀 들리지 않고 있었다.

마치 고양이가 뛰어가듯 성환의 뛰는 소리는 전혀 들리지 않아, 범인은 설마 자신을 뒤쫓는 사람이 있는지 모르는 듯했다.

모퉁이 하나만 돌면 범인이 숨을 고르는 곳까지 접근한 성환은 잠시 주변을 살폈다.

그런데 성환이 주변을 살피다 지금 자신이 있는 위치를 깨닫고 놀랐다.

그건 범인이 추적자를 피하기 위해 무작정 골목을 돌았던 것이 아니란 것을 뒤늦게 깨달은 때문이다.

'음! 역시나 이 새끼는 단순한 양아치가 아니다.'

정말이지 누나를 죽였던 범인은 전문적인 살인술을 익힌 것뿐 아니라, 아주 지능적인 놈이었다.

혹시나 자신을 추적하는 사람이 있더라도 추적을 따돌리기 위해 골목과 골목을 잘 이용해 순간적으로 자신의 행보를 숨기는 한편, 그에 그치지 않고 추적자를 따돌리면서 자신은 처음의 목표가 있던 곳으로 돌아왔던 것이다.

지금 성환이 서 있는 곳은 바로 누나의 장례식이 진행되고 있는 그 병원 뒤편이었다.

그런 것을 깨닫고 성환은 이대론 안 되겠단 생각을 했다.

범인은 단순한 자가 아니다.

검시의의 이야기를 들을 때만 해도, 단순히 특수부대까지는 아니어도 전문적인 히트맨 정도로 생각했다.

조폭 사이에서도 전문적으로 칼질을 하는 해결사들이 존재하기 때문이다.

그런데 지금 겪어 보니 이놈은 전술도 잘 알고 있는 놈으로 생각이 되었다.

특수훈련을 받은 특수부대원 같이 전술적 후퇴를 할 줄 아는 놈이었다.

그런 생각이 들자 성환은 이놈의 뒤를 캐 보면 많은 것을 알 수 있을 것 같다는 생각이 들었다.

확실히 박원춘은 이전에도 이런 일을 많이 해결하였다.

그로인해 흔적도 없이 사라진 이가 한두 사람이 아니었다.

그런 생각을 한 성환은 범인과 자신의 거리를 확인하고 바로 박원춘이 숨은 건물 그늘로 뛰어들었다.

'헉!'

갑자기 자신을 덮치는 검은 그림자에 깜짝 놀란 박원춘은 자신도 모르게 뒤춤에 숨겨 둔 단검을 잡기 위해 손을 뒤로 돌렸다.

하지만 박원춘의 그런 시도는 불발로 돌아갔다.

손은 뒤로 돌아갔지만 몸 어딘가 따끔한 느낌이 들더니

그대로 굳어 버렸다.

'어떻게 된 일이지?'

너무 놀라 눈동자만 두리번거리고 있는 박원춘을 성환은 차가운 눈으로 노려보며 말하였다.

"정말…… 이렇게 빨리 널 만나게 될 줄은 정말로 몰랐다."

성환의 말에 박원춘은 눈앞에 있는 자를 자신이 언제 본 적이 있는지 생각을 해 봤다.

하지만 태어나서 한 번도 본 기억이 없는 얼굴이었다.

한 번도 본 적이 없는 남자가 자신에게 아주 반갑다는 듯 말하는 것이 너무도 이상했다.

더욱이 말은 반갑다고 하는 듯한데, 억양이 이상했다.

아무런 감정이 느껴지지 않는 억양의 말에 박원춘은 자신도 모르게 한기를 느꼈다.

그러면서 더욱 남자의 정체가 궁금해졌다.

한편 성환은 그런 그의 읽을 수 있었다.

성환은 차갑게 미소를 지으며 범인의 귀에 나지막이 자신의 정체를 알려 주었다.

"……내 정체를 궁금해 하는 것 같으니 알려 주도록 하지……."

성환의 말을 듣고 박원춘이 눈을 동그랗게 커졌다.

보통 이런 상황에서 자신의 정체를 밝히는 건 자신을

살려 두지 않겠다는 말.

자신이 그동안 한국에 있으면서 이렇게 대놓고 사람을 죽이겠다는 분위기를 풍기는 사람은 처음이었다.

그건 자신이 일 때문에 자주 접하는 한국 깡패들도 마찬가지였다.

말로는 죽이겠다, 위협을 하지만 정작 사람을 죽이는 것에 망설이는 것이 한국인들이다.

아마도 오랜 기간 평화로운 생활에 젖어 그런 듯했다.

하지만 자신과 같은 조선족이나 중국인들은 그런 일에 주저함이 없다.

밝혀지진 않았지만 한국에도 많은 중국계 조직들이 자리를 잡고 있었다.

비록 구역이 넓은 것은 아니지만, 그들이 자리 잡고 있는 구역은 아무리 큰 한국 조직이라도 넘보지 못했다.

그만큼 잔인하고 막무가내로 일을 벌이기 때문이다.

물론 자신과 같은 외국 조직이 과감하게 손을 쓰기는 하지만, 그렇다고 고국에서처럼 일을 크게 벌이지는 못한다.

그만큼 지원이 바로 이루어지는 것이 아니기 때문이다.

뭐 어쩜 그래서 더 잔인하게 처리해 위협을 하는지도 모르지만 말이다.

그런데 지금 눈앞에 있는 사람은 자신들 못지않게 아

니, 어쩌면 더 잔인한 사람 같았다.

자신도 그렇지만 지금 위협하고 있는 남자는 사람을 한 둘 죽여 본 사람이 아닌 듯했다.

그래서 인간을 인간으로 보지 않는 사람 같았다.

물론 이건 박원춘이 성환을 오해한 것이 조금 있지만, 정확히 파악한 점도 있다.

군인으로써 비밀 작전을 하면서 많은 적들을 사살하였다.

국익이라는 미명 아래 자행된 일.

어차피 군인으로써 군에서 명령을 내리면 수행을 하는 것이 사명이기에 개인의 감정을 배제한 채 실행을 했다.

물론 뒤늦게 그것이 잘못된 작전이었다는 것을 알게 된 때는 후회도 하지만 말이다.

아무튼 박원춘에게 경고를 한 성환은 그를 어깨에 메고, 자리에서 일어났다.

박원춘은 성환의 행동에 의아해 했다.

'무엇 때문에 나를?'

자신 같으면 어떻게 할 것인지 생각을 해 보았다.

그리고 방금 전 이 남자가 자신에게 했던 말과 지금의 행동을 연결해서 생각을 하니 성환이 어떻게 하려는 것인지 깨달았다.

'지금 이자는 날 고문하려고 데려가는구나!'

어떻게 보면 자신과 너무나 비슷한 성향을 가진 듯한 성환의 행동에 박원춘은 처음으로 공포라는 것을 맛보았다.

자신이 표적들에게 했던 이 행동들이 그들에게 얼마나 두려움을 주었는지, 지금 자신이 겪고서야 깨달았다.

성환은 자신의 어깨에 성인 남자를 메고 바닥을 찼다.

성환이 바닥을 차고 뛰자 박원춘은 너무도 놀랐다.

너무도 비현실적인 경험을 자신이 지금 하고 있기 때문이다.

자신의 몸이 땅에서 멀어지고 있는 것이 똑똑히 보였다.

인간이 빌딩 벽을 차고 점점 공중으로 뛰어오르고 있었다.

탁! 탁! 탁!

성환은 두 다리에 내공을 운용하여 발을 굴러 바닥을 뛰었다.

한 번에 4m정도 공중으로 뛰어오르자 힘이 다했는지 속도가 줄었다.

그러면 빌딩 벽을 차며 비스듬히 다시 공중으로 뛰었다.

그리고 다시 힘이 다하면 병원 외벽을 차고 오르고 이렇게 빌딩과 병원의 벽을 차며 점점 공중으로 뛰어올랐다.

단 4번의 디딤으로 5층 건물의 병원 옥상으로 올라갔다.

병원 옥상에 올라간 성환은 사람들의 왕래가 없는 옥상 구석 물탱크가 있는 곳에 박원춘을 내려놓았다.

성환은 박원춘을 바라보며 밝은 미소를 지으며 말을 건넸다.

"기대해도 좋아! 잠시만 기다려."

그렇게 이야기를 하고 성환은 병원 건물을 내려갔다.

자신이 누나를 죽인 범인을 잡으러 뛰어나간 것을 알고 있는 사람들이 기다리기에 그들을 안심시키기 위해서였다.

혹시 자신이 범인을 잡은 것을 눈치라도 챈다면 자신의 계획이 모두 수포로 돌아가기에 일단 범인을 잡지 못한 것으로 꾸며야 했다.

◈　　　◈　　　◈

성환이 병원 건물을 내려와 장례식장이 있는 별관으로 이동을 했다.

범인을 숨겨 둔 본관에서 얼마 떨어지지 않은 곳이기에 금방 내려왔다.

"대령님! 어떻게 되었습니까?"

가장 먼저 진성이 다가와 물었다.

조금 전까지 불안에 떨고 있는 수진의 옆에 있던 그는, 성환이 장례식장으로 들어오는 것을 확인하자 얼른 다가와 물은 것이다.

"놓쳤다."

성환은 자신에게 물어오는 진성에게 간단하게 대답을 하였다.

그런 성환의 모습에 진성은 고개를 갸웃거렸다.

자신이 알고 있는 성환의 능력으로는 결코 그가 범인을 놓쳤을 것이라 생각하지 않기 때문이다.

하지만 뭔가 생각이 있기에 그렇게 말한 것이라 생각하고 더 이상 묻지 않기로 했다.

"알겠습니다."

성환은 조용히 진성을 지나 아직도 불안한 얼굴로 떨고 있는 수진에게 다가갔다.

그리고 그녀의 옆에 앉아 살짝 등을 두들겨 주었다.

"걱정하지 마, 다 잘 될 거야. 넌 아무 걱정하지 말고 네 꿈을 준비하기만 하면 삼촌이 다 이뤄 줄게……."

나직한 성환의 위로가 통했는지 아니면 자신의 곁에 어른이 있다는 것에 안심을 했는지 조금 전까지만 해도 사시나무 떨듯 떨던 수진은 많이 좋아져, 금방 안정을 찾았다.

"네, 그런데 어떻게 됐어요?"

수진은 듬직한 외삼촌이 곁에 있어 안심이 되기는 하지만 그래도 그 뱀처럼 노려보던 범인의 눈이 아직도 기억이 선명했다.

나무 그늘 뒤에서 차갑게 자신을 노려보며 웃고 있던 그의 모습은 수진에게 얼마 전 그 끔찍했던 기억 이상으로 두렵게 만들었다.

그런데 참 이상한 것은 이번에도 나직한 외삼촌의 위로는 수진의 마음을 어루만지며 금방 두려움을 가시게 만든다는 것이다.

수진의 물음에 성환은 대답 대신 미소를 지어 보였다.

그리고 그런 성환의 미소에 수진은 왠지 모를 안도감을 느꼈다.

◆　　◆　　◆

최신규는 수진의 엄마가 죽었다는 듣자마자 바로 그날 장례식장을 방문했다.

그날 그곳에서 상복을 입고 있는 수진과 두려운 그 남자를 보았다.

그런데 그렇게나 두려운 남자였는데, 그의 얼굴을 확인하자 안심이 되었다.

왜 그런 기분이 들었는지 지금도 이해가 가지 않고 있

지만 그래도 재판을 겪고 난 뒤 가졌던 불안감은 많이 해소가 되었다.

아주 사라진 것은 아니다.

만수파만 걸렸다면 어떻게든 해 보겠는데, 그들만 연관이 있는 것이 아니라 대한민국 수도 서울의 1/3을 차지한 세력들이 연관이 있는 재판이었다.

뿐만 아니라 재계서열 100위권에 드는 그룹의 계열사 사장일가도 끼었고, 국회의원의 손자까지 끼어 있는 일이었다.

말들이 많기는 했지만 그것들을 무시할 힘이 있는 이들이었다.

그렇기에 둘 간의 싸움이 본격적으로 벌어지기 전까진 몸을 사려야 할 필요성이 있었다.

그래서 최신규는 이전 회사를 정리하려던 계획은 좀 유보시키기로 했다.

적당히 일이 잠잠해질 때까지 외국에 나가 잠시 머리를 식히기로 결정했다.

괜히 한국에 남아 있다가 그들에게 눈에 띄어 봐야 좋을 것이 없기 때문이다.

옛 말에 소나기는 피해 가라 하지 않았던가?

자신이 비록 가방끈은 고졸로 짧기는 하지만 그렇다고 아무 무식쟁이는 아니다.

특히나 도피성 외유를 하는 것이니 동남아로 갈 생각이 없다.

자신도 외국 여행 규제가 없는 동남아가 편하기는 하지만, 이번처럼 조폭과 시비가 붙은 상태에서 그곳을 찾는 것은 죽으러 가는 것이나 마찬가지란 사실을 너무도 잘 알고 있다.

아닌 말로 동남아도 조폭이 있다.

그건 정말이지, 사람이 사는 곳이면 어디나 있는 것이다.

그러니 만약 자신이 그곳으로 여행을 가게 된다면 분명 만수파나 진원파에서 의뢰를 할 것이 분명했다.

이번 수진의 모친의 일도 아마도 둘 중 한 곳에서 청부 업자에게 의뢰를 했을 것이 분명했다.

그것을 수진의 외삼촌이란 괴물에게 알렸으니, 분명 그와 그들 간에 전쟁이 벌어질 것이다.

자신은 전쟁이 끝날 때까지만 나가 있으면 된다.

"나다. 일 때문에 유럽에 가 있을 테니, 그렇게 알아라!"

최신규는 전무 최진규에게 그렇게 전하고 바로 공항으로 향했다.

◆　　◆　　◆

외국에 나가기 위해 인천 국제공항에 도착한 최신규.

일단 무비자로 갈 수 있는 영국행 비행기 표를 끊었다.

아직 탑승까지 한 시간여가 남아 공항 로비 의자에 앉아 있는데, 그의 눈에 어디서 많이 본 사람이 검색대를 통과해 들어오는 것이 보였다.

자신은 출국을 하기 위해 대기를 하고 있는데, 그 사람은 외국에서 들어오는 것인지 검색대를 빠져 나오는 것을 보고 고개를 돌렸다.

그런데 그 동작이 너무 눈길을 끌었는지 그만 그와 눈이 마주치고 말았다.

'이런!'

고개를 돌리고 살짝 곁눈질로 그쪽을 돌아보니 그가 자신 쪽으로 다가오는 것이 보였다.

"아니, 이게 누구야! M&S엔터의 최 사장 아니야! 어디 가나?"

최신규의 곁으로 다가와 물은 사람은 다름 아닌 만수파의 전무인 최진혁이었다.

진혁이 최신규의 곁으로 다가와 이야기를 하고 있자, 조금 뒤 그의 곁으로 누군가 다가오는 것이 포착되었다.

다가오는 사람의 얼굴을 확인한 최신규는 조금 전보다 얼굴 표정이 더욱 구겨지고 말았다.

그는 바로 만수파에서 자신과 가장 많이 만났던 김용성

부장이었다.

아마도 두 사람은 외국에 나갔다 들어오는 것으로 보였다.

최신규가 그것을 알 수 있던 것은 지금 한국의 계절에 맞지 않는 복장을 하고 있기 때문이었다.

어디 따뜻한 곳에 여행을 갔다 오는 것인지 복장이 여름철 휴가 복장이었기 때문이다.

"어, 최 사장?"

김용성은 발리에서 최진혁과 한동안 함께하다 한국 소식을 듣고 들어오는 길이었다.

용성이 아는 성환의 성격상 자신의 주변을 건들인 만수파나 진원파 등을 두고 보지 않을 것이라 판단하고 도피를 했었다.

역시나 예상대로 그때 사고를 쳤던 아이들이 병신이 되었다는 이야기를 들었다.

그런 이야기를 들으며 더 이상 다른 일이 없다는 소리에 도피 행각을 멈추고 한국에 들어왔다.

그런데 공항에 도착해 짐을 챙기려다 로비에서 최신규 사장을 본 것이다.

혹시 몰라 최신규 사장에게 현재 일어나고 있는 정황을 물어보기로 했다.

어쩌면 사고가 터지고 자신과 최진혁 전무가 몰래 빠져나간 것에 대한 추궁을 하기 위해 거짓으로 현 상황을 말했을지 모르기 때문이다.

"어디 가는 길인가?"

김용성은 최신규가 급하게 어디 가려는 듯 공항에 나온
것에 대해 물었다.

그런 김용성을 보며 최신규는 머리를 굴렸다.

어떻게 해야 이 무지막지한 놈들에게서 벗어날 수 있을
지 궁리를 하였다.

그렇게 한참을 궁리하던 최신규는 자신이 도피를 가는
것을 숨기기 위해 적당히 둘러대며 현재 벌어지고 있는
상황을 말해주었다.

"저야 업무차 외국에 나가는데, 두 분 복장을 보니 어
디 좋은 곳에 갔다 오시나 봅니다."

"그래, 좀 일이 있어 동남아 좀 갔다 오는 길이야!"

"아, 그러시군요. 그런데 누군지 모르지만 사고 제대로
쳤습니다."

"사고?"

"예, 수진 양, 아! 수진 양이 누군지는 아시죠? 그 아
이 어머니가 누군가에 의해 죽었습니다. 솜씨가 전문가의
솜씨라고 하던데……."

최신규는 뒷말을 줄이며 김부장과 최진혁의 얼굴을 살
폈다.

그런 최신규의 말에 용성과 최진혁은 기겁하고 말았다.

분명히 자신은 수진의 삼촌이 특전사 무술 교관이라고 알려 주었다.

그런데 그런 것을 알면서 그런 일을 벌였다는 것이 도저히 믿기지 않았다.

용성과 최진혁은 최신규의 말에 서로 얼굴을 보며 자신이 지금 잘못 들은 거지, 라는 눈빛을 주고받았다.

하지만 최신규의 행동을 보면 자신들이 잘못 들은 것이 아니란 것을 알 수 있었다.

정말 사고를 쳐도 어마어마한 사고를 치고 말았다.

"그게 사실이야?"

믿고 싶지 않아 다시 한 번 물었다.

그런 김용성의 태도에 최신규는 눈을 반짝이며 말을 했다.

수년간 복마전과 같은 연예계에 구르다 보니 눈치 하나는 기가 막혔다.

'이들도 그 괴물에 대해 어느 정도 알고 있나 보구나!'

"사실입니다. 그 때문에 수진이의 외삼촌이 관련된 자들을 단단히 벼르고 있더군요."

최신규 사장은 그렇게 자신의 생각을 과장되게 두 사람에게 들려주었다.

하지만 최신규 사장의 말은 사실을 모른 채, 그저 김용성과 최진혁을 겁주기 위해 한 말이었다.

최신규 사장의 말을 들은 최진룡이나 김용성은 범인이 누군지 알 것도 같았다.

범인은 분명 조직과 몇 번 거래를 했던 그 중국 조직의 조직원일 것이다.

만수파나 진원파 같은 조직들 내부에도 해결사가 있기는 하지만, 이번 일과 관련이 있기에 섣불리 그들을 썼다가는 자신들이 보복을 했다는 것이 알려지기 때문에 조직의 히든카드인 그들을 사용하지 않았을 것이다.

그렇다면 분명 조직원이 아니면서도 돈만 주면 어떤 일이든 뛰어드는 외국 조직을 사용했을 것이 분명했다.

이런 생각을 하니 굳이 말을 하지 않아도 떠오르는 조직이 있었다.

외국 조직 중에서도 칼을 잘 쓰는 조선족 조직이 분명했다.

중국 조직과 비슷하지만 그들은 칼보단 도끼를 주로 이용하기 때문이다.

단순무식한 중국 조직보다는 그래도 눈치라는 것을 보는 조선족 조직을 한국 조직들이 선호한다.

그리고 만수파에서도 이런 조선족 조직원을 히트맨으로 자주 이용했다.

용성은 조선족 조폭 조직원 중에서 이번 일에 가장 적합한 인물이 누군지 잘 알고 있다.

아무튼 두 사람은 최신규의 말을 듣고 그가 왜 이곳에 있는지 깨달았다.

하지만 그렇다고 이자를 물고 늘어질 수는 없었다.

김용성은 자신이 알고 있는 성환이라면 이제부터 본격적인 전쟁이 벌어질 것이라 생각했다.

자신이 선배들에게 전해 들은 그의 무용담의 반만 맞더라도 이건 싸움이 되지 않는 게임이다.

김용성는 고개를 돌려 최진혁에게 말을 하였다.

"전무님! 아무래도 다시 나가야 할 것 같습니다!"

"이제 막 들어왔는데?"

최진혁은 거의 한 달 만에 들어온 한국을 다시 나가야 할 것 같다는 김용성의 말에 한숨을 쉬었다.

그런 두 사람을 본 최신규는 눈을 반짝였다.

아마도 이 두 사람은 그 괴물의 정체를 알고 있는 듯했다.

그러니 사고가 터졌을 때, 도피성 외유를 했다, 이제 돌아온 것 같이 말하고 있기 때문이다.

이때 최신규의 생각을 멈추게 하는 방송이 스피커를 통해 들렸다.

─띵동! 인천공항 발 프랑스 파리행, 에어프랑스사 비행기가 이륙하려고 합니다. 탑승자께서는 수속을 밟아 주시기 바랍니다. 다시……

방송이 나오자 최신규는 얼른 자리에서 일어나 두 사람을 보며 이야기했다.

"제가 탈 비행기가 수속을 밟고 있군요. 그럼 전 이만!"

두 사람이 자신을 붙들기 전에 얼른 자리를 떴다.

최신규 사장이 그렇게 자리를 떴지만 최진룡이나 김용성은 아직 정신을 차리지 못하고 뭔가 생각을 하고 있었다.

12월 1일 달력은 한 장만 남겨 두고 있고 계절은 겨울로 들어섰지만, 성희의 시신을 담은 관이 장례식장을 빠져나가는 탈상(脫喪)날 하늘은 그동안 동생의 뒷바라지와 어린 딸을 홀로 키운 그녀의 고생을 슬퍼하는지 새벽부터 궂은비를 뿌리고 있었다.

그런 날씨에도 성환은 멍하니 한곳을 주시하고 있었다.

누나를 죽인 범인을 은닉해 둔 병원 본관 옥상 물탱크가 있는 곳을 멍하니 쳐다보았다.

'죽지는 않을 것이다. 차가운 냉장실에서 어린 딸을 두고 이 세상을 떠난 내 누나의 고통을 너도 조금은 맛봤을 것이다.'

성환은 이렇게 범인이 추운 날씨에 어제부터 병원 옥상

에서 추위에 떨었을 것을 생각하며 되뇌었다.

하지만 이런 건 아무 소용이 없음도 잘 알고 있다.

어차피 인간은 언젠가는 죽는다.

그 사실을 모르는 건 아니지만 자신의 누나는 이렇게 허무하게 죽어선 안 되는 사람이었다.

조카의 실종을 알았을 때, 정말로 관련자들을 하나도 빠짐없이 죽이고 싶었다.

하지만 참았다.

괜히 자신이 그 일로 살인을 했을 때, 나중에 그 일을 알게 된 누나가 자신을 걱정하는 것을 원하지 않았기 때문이다.

그렇지만 이젠 아니었다.

자신을 막아 줄 안전장치가 사라졌다.

비록 조카 수진이 남았지만, 누나와 조카의 의미는 다른 것이다.

누나는 성환에게 누나 이상의 일찍 자신들의 곁을 떠난 엄마와 아빠의 대신이었다.

때로는 엄마처럼 모든 것을 감싸 주고, 때로는 엄한 아버지처럼 자신의 잘못을 질책하기도 했다.

그리고 또 어떤 때는 자신의 위로하는 누나는…… 많은 역할을 하였다.

자신이 흔들릴 때 그것을 잡아 줄, 정신적 지주인 누나가 이젠 이 세상에 없다.

그렇기에 성환은 더 이상 참지 않으려는 결심을 했다.

더 이상 자신의 행보를 막을 것이 없었다.

성환이 군대에 투신한 것도, 사실, 가진 것 없는 자신이 성공을 할 수 있는 가장 빠른 길이라 생각했기에 그랬다.

고생한 누나를 편하게 모시기 위해 군 면제 사유가 있는 성환이 굳이 육군사관학교에 지원을 하고, 수석으로 졸업을 하여 가장 험하다는 특전사에 지원한 것도 다 이유가 있어서였다.

하지만 그 모든 계획이 허물어졌다.

이렇게 성환이 생각을 정리하고 있을 때, 진성이 다가와 성환의 상념을 깨웠다.

"대령, 출발할 시간입니다."

진성의 말에 상념에서 깨어난 성환은 얼른 그의 뒤를 따라갔다.

"그래, 출발하자!"

누나의 시신을 실은 운구차가 병원을 빠져나가 화장장이 있는 벽제로 향하였다.

◈　　◈　　◈

화장장에 도착해 순번을 기다리던 성환과 수진은 성희의 시신이 가마로 들어가는 것을 지켜보았다.

그리고 그 마지막 순간을 이기지 못하고 수진이 그만 졸도를 하고 말았다.

그런 조카의 모습에 성환은 기절하는 수진이 혹시나 다치지 않을까, 재빠르게 품에 안았다.

성환은 기절한 수진의 몸을 안고 누나의 마지막을 끝까지 지켜보았다.

타오르는 불길이 누나의 시신을 감싸고 타오르고 있었다.

하지만 그 불꽃을 보고 있는 성환의 심장은 북극의 빙하처럼 차갑게 얼어붙었다.

그렇게 한 시간여가 지나자 성희의 화장은 끝났다.

이제 더 이상 그녀는 이 세상에 없고 흔적이라고는 재가루뿐이 남지 않았다.

기절한 수진을 타고 온 차에 옮겨 놓고 누나의 유골 상자를 받아 들었다.

유골 상자를 받은 성환은 도저히 누나를 납골당의 작은 공간에 안치하는 것이나, 아니면 어디 풍경 좋은 곳에 뿌리고 싶은 생각이 없었다.

그래서 생각해 낸 것이 인공다이아를 만드는 것이었다.

잘 알려진 방법은 아니지만 일부 사람들은 아주 가까운

친지가 돌아가셨을 때, 시신을 화장하고 남은 재로 인공 다이아를 만들기도 한다.

그렇게 만든 다이아를 이용하여 목걸이나 반지를 만들어 간직하는 것이다.

아직까지 한국에 널리 퍼진 방법은 아니지만 외국에선 종종 그렇게 하기도 한다.

물론 비용이 좀 많이 들기에 보편적인 방법은 아니다.

하지만 자신이나 조카 수진에게는 그것도 좋을 것이란 생각에 누나의 유골을 그렇게 하기로 했다.

화장장 직원에게 받은 유골함을 보석가공업자에게 넘긴 성환은 언제까지 완성이 되는지 물었다.

"오늘 작업에 들어가면 언제쯤 받을 수 있겠습니까?"

성환의 질문을 받은 업자는 바로 대답을 해 주었다.

"오늘 작업을 하면, 목걸이로 제작을 주문하셨으니 아마도 일주일 정도 걸릴 것입니다."

직원의 대답을 들은 성환은 고개를 끄덕이며 말을 하였다.

"그럼 물건이 완성되면 계약서에 나온 주소로 보내 주시기 바랍니다."

"알겠습니다, 그럼."

보석가공업자가 먼저 떠나고 성환도 수진이 있는 차로 갔다.

운구차에 타고 가는 내내 아무 말 없이 차창 밖을 쳐다보는 수진의 모습을 잠시 지켜보았다.

그렇게 수진의 모습을 지켜보던 성환은 낮은 목소리로 수진에게 말을 걸었다.

"앞으로 어떻게 하고 싶니?"

느닷없는 외삼촌의 물음에 수진은 잠시 아무런 말을 하지 못하고 성환을 쳐다보았다.

그러다 잠시 무슨 생각을 했는지 자신의 생각을 말하기 시작했다.

"당분간 여행을 다니고 싶어요. 요 근래 제게 너무 많은 일이 벌어져…… 솔직하게 엄마가 지금 제 곁에 없다는 것이 믿기지 않아요."

말을 하면서도 수진은 멍한 표정으로 무감각하게 말을 하였다.

성환이 생각하기에 정말로 어린 조카가 받아들이기 힘든 경험을 너무도 한순간에 일어나 힘들어 하는 것이 여실히 느껴졌다.

솔직히 지금 자신도 누나의 죽음을 받아들이기엔 너무도 짧은 시간이기에 아마도 이번 일과 관련된 이들을 모두 처단하기 전까진 두고두고 앙금으로 남아 있을 것이다.

"네가 그렇게 하겠다면 당분간 한국을 떠나 외국으로

나가 보는 것은 어떻겠냐?"

느닷없이 성환이 외국 여행에 관해 말을 꺼내자 수진은 눈을 동그랗게 뜨며 외삼촌을 쳐다보았다.

"당분간 이곳이 시끄러워질 것 같다. 그러니 널 혼자 두는 것이 안심이 안 되서……."

자신이 이제부터 하는 일에 수진이 한국에 남아 있다면 많은 장애가 있을 것 같아 외국으로 잠시 보내려는 것이다.

마침 수진도 여행을 가고 싶다고 하니 일석이조의 효과를 볼 수 있을 것이다.

그런 것을 알지 못하는 수진은 외삼촌이 왜 그런 말을 꺼냈는지 알 수가 없었다.

"무슨 일 있나요?"

"아니, 그런 것은 아니고. 삼촌이 들은 것이 있어서 당분간 바빠질 것 같아. 그런데 혼자 있는 널 돌봐 주지도 못하는 것이 미안해서…… 그래서 삼촌은 네가 여행을 간다고 하니 이왕이면 한동안 한국을 떠나 있는 것이 어떻겠냐, 하는 말이지."

성환의 이야기에 수진은 잠시 생각을 하기 시작했다.

확실히 외삼촌의 말도 일리가 있다.

그동안 자신에게 일어난 일 때문에 엄마가 걱정을 할까 봐 말은 하지 않았지만, 정말이지 이곳에 있기 싫었다.

어디 멀리 자신을 모르는 곳으로 떠나고 싶었다.

주변에 있는 사람들이 자신을 보는 것이 꼭 욕하는 것 같아 견딜 수가 없었다.

하지만 엄마 때문에 참았는데, 그런 엄마도 지금 자신의 곁을 떠났다.

멀고 먼 곳으로 다시는 만나지 못할 곳으로 떠났다.

이런 생각을 하자 갑자기 엄마가 보고 싶어 자신도 모르게 눈물을 흘렸다.

"흑, 엄마……."

자신과 이야기를 하다가 갑자기 눈물을 쏟는 조카의 모습에 성환은 한숨을 쉬며 그녀의 어깨는 안아 주었다.

그렇게 두 사람은 한동안 말없이 어느새 운구차는 처음 출발했던 장례식장에 도착을 하였다.

❖   ❖   ❖

"김 병장, 우리 수진이 좀 집에 데려다 주기 바라네. 부탁하네."

"예, 알겠습니다."

성환은 자신의 운전수인 김문수 병장을 불러 수진을 부탁했다.

성환이 수진을 집에 보내기 위해 운전병과 이야기를 하

고 있을 때, 진성이 다가와 말을 하였다.

이미 성환이 자신의 정체에 대하여 어느 정도 짐작을 하는 것 같아 자연스럽게 말을 꺼냈다.

"저, 대령님."

"예, 무슨 할 말이라도?"

"예, 다름이 아니라 아직은 수진 양을 집에 혼자 둔다는 것이 좀 걱정이 돼서 말입니다. 아직 범인도 잡히지 않은 상태인데……."

진성은 수진을 걱정하며 말했다.

그런 진성의 말에 성환은 잠시 고민을 했다.

누나를 죽인 범인은 자신이 잡아 두었다.

잠시 생각을 하니 왠지 진성의 말처럼 안심이 되지 않았다.

그렇다고 이 세상에 일가친척이라고는 자신과 수진뿐인데 어디 안심하고 맡길 곳이 없었다.

그 때문에 고민하는 성환.

그런 성환을 보며 진성이 조심스럽게 말을 하였다.

"저 그래서 말인데…… 수진 양을 저희 집에 당분간 데려가면 어떨까 합니다. 어떻게 생각하십니까?"

갑작스런 진성의 제안에 성환은 그를 돌아보았다.

너무나 진지한 표정으로 자신을 주시하는 진성의 모습에 성환은 잠시 고민을 했다.

진성이 저리 말하는 것을 보니 아무래도 정보사령부에서 그동안의 실수를 만회하기 위해 안가를 마련해 주려는 듯 보였다.

뭐, 그것이 아니라도 상관은 없었다.

성환에게 지금 중요한 것은 하나 남은 피붙이인 수진의 안전과, 누나의 죽음과 연관이 있는 자들에 대한 복수뿐이었다.

겉으로는 괜찮다고 하지만, 이제 겨우 17살이 혼자 감당하기엔 현실이 너무도 두려울 것이다.

성환은 잠시 생각을 하다 수진을 불러 방금 전 진성이 한 말을 들려주었다.

"……그래서 삼촌 생각은 당분간 여기 진성 아저씨 집에 네가 있었으면 한다."

수진은 자신을 걱정하는 외삼촌의 말에 고개를 끄덕이며 수긍했다.

"알겠어요, 당분간 여기 진성 아저씨 집에 있을게요."

성환은 수진의 말을 듣고 그녀를 잠시 안아 주며 말을 하였다.

"조만간 삼촌이 군대를 그만둘 것이니 그때 함께 살자. 알았지?"

"네."

수진은 속으로 깜짝 놀랐다.

갑자기 외삼촌이 군대를 그만두고 자신과 함께 살자는 말을 했기 때문이다.

함께 살자는 말을 들었을 때, 잠시 당황하기도 했지만 가슴속에 가장 크게 작용한 것은 안도감이었다.

수진에게 외삼촌은 단순한 친척이 아니었다.

자신을 구해 주고, 아픈 것도 치료해 주었으며, 그동안 자신이 어려워하던 어른들도 외삼촌 앞에서는 고양이 앞의 쥐처럼 비굴한 모습을 보이는 것 때문에 그날 이후 외삼촌은 그냥 삼촌이 아닌 우상이 되어 버렸다.

아버지의 얼굴도 모르는 수진에게 성환은 이젠 든든한 버팀목이 되어 있었다.

수진이 자신의 말을 잘 알아듣는 것 같아 성환은 수진을 안아 주며 조금만 기다리란 말을 하였다.

"삼촌이 일 마무리하면 우리 함께 살자. 그때까지만 참고 기다려라, 알았지?"

"네!"

수진은 삼촌이 자신 때문에 군인을 그만두는 것 같아 미안하면서도 고마웠다.

"먼저들 가 봐. 난 볼일이 있어 어디 들렸다 가야 하니."

성환은 진성과 수진에게 먼저 보냈다.

그는 그렇게 두 사람을 보내고 한참을 차가 보이지 않을 때까지 그렇게 지켜보다가 병원 본 관 안으로 들어갔다.

◈　　◈　　◈

성환은 병원 옥상으로 올라가 누나를 죽인 범인을 숨겨 두었던 물탱크가 있는 곳으로 갔다.

그곳에는 박원춘이 꼼짝도 하지 못한 채 차가운 겨울비를 맞아 시퍼렇게 질린 표정으로 덜덜 떨고 있었다.

그런 박원춘을 보는 성환은 조금 전 수진을 보던 시선과는 아주 딴판으로 무심했다.

아무런 감정이 들어 있지 않은 인형과도 같은 무심한 얼굴이라 더욱 무서웠다.

한동안 떨고 있는 박원춘을 말없이 지켜보다 그의 곁으로 다가간 성환은 박원춘에게 자신의 누나를 죽인 이유를 물어보려고 했다.

그러다 이곳이 심문을 하기 그리 좋은 장소가 아니란 생각이 들었다.

그래서 생각을 해 보았다.

어디서 이자를 심문하는 것이 좋을까…….

잠시 고민을 하다, 방금 전 수진이 진성을 따라 그의 집으로 갔으니 지금 누나의 집이 비었다는 것이 생각이 났다.

'그래, 누나의 집이 현재 비었지.'

그런 생각이 나자 바로 박원춘을 데리고 누나의 집으로 향했다.

박원춘을 잡아 이곳에 숨겼을 때처럼 어깨에 메고 병원 건물 뒤편으로 뛰어내렸다.

건물 벽을 차며 떨어지는 속도를 줄여 바닥에 내려설 땐 아무런 충격이 없이 가뿐하게 내려올 수 있었다.

성환은 박원춘의 수혈(睡穴)을 짚었다.

움직이지 못하게 마혈을 짚은 상태에서 잠까지 재워 버렸다.

그렇게 하고 이번엔 어깨에 메는 것이 아닌 박원춘의 어깨에 자신의 팔을 껴, 부축을 하는 것처럼 꾸몄다.

영락없이 술에 취한 취객을 부축하는 모습이 연출되었다.

성환은 그렇게 박원춘을 부축해 택시를 잡아 타고 누나의 집으로 향했다.

누나의 집에는 지하실이 있으니 그곳으로 데려가 심문을 하면 될 것이다.

◈　　◈　　◈

지하실 바닥에 널린 오징어마냥 늘어져 있는 박원춘의

모습을 보며 성환은 차갑게 눈을 반짝였다.

조금 전까지 성환은 자신이 알고 있는 모든 고문 수법을 이용해 박원춘의 모든 것을 들었다.

그가 태어나 어떻게 성장을 했고, 그동안 무슨 일을 하였으며, 자신의 누나를 왜 죽였는지까지.

그리고 성환은 자신이 알고자 하는 것을 알게 되었다.

처음에는 아무 것도 알리지 않겠다는 굳은 의지가 보이기도 했다.

하지만 그런 것은 얼마 가지 못했다.

가해지는 고문에 얼마가지 못해 자신의 모든 것을 토설했다.

온몸을 개미가 기어가는 듯한 느낌을 받다가 검점 그 느낌이 강해지며 신경을 깨무는 듯한 느낌을 받았다.

그리고 그 고통은 점점 강해져 신경 다발은 물론이고, 근육까지 빨래를 쥐어짜듯 꼬이기 시작하였다.

이쯤 되면 고통이 이루 형언할 수 없을 지경인데, 소리가 밖으로 새 나갈 것을 막기 위해 성환이 그의 아혈(啞穴)마저 짚어 말을 하지 못하게 만드는 바람에 박원춘의 고통은 이루 말할 수가 없었다.

소리라도 질렀다면 고통이 덜할 것인데, 소리도 못 지르는 그의 심정은 정말로 표현하기 힘든 고통이었다.

한 번도 겪어 보지 못한 그 고통에서 벗어나기 위해 박원춘은 성환이 묻지 않은 것까지 모두 말하였다.

자신이 한국에 와서 저지른 모든 잘못들이나, 자신이 속한 조직이 어떤 불법적인 일을 하고 있는 것까지 모두 털어놨다.

박원춘의 이야기를 모두 들은 성환은 결국 자신이 허술하게 처리한 일 때문에 자신의 누나가 죽었다는 것을 깨닫게 되었다.

민간의 일이니 검찰이나 법원에서 알아서 할 일이라 생각했는데, 그런 안일한 자신의 생각 때문에 수진에게 씻을 수 없는 일을 저지른 가해자들이 자신들이 가진 배경을 힘을 이용해 빠져 나오고, 오히려 피해자인 수진과 누나를 죽이기 위해 청부를 했단다.

정말이지 피가 거꾸로 서는 듯한 느낌이었다.

그동안 수양을 쌓지 못했다면 아마 자신은 주화입마(走火入魔)에 빠졌을 것이다.

하지만 백두산에서 얻은 기연이 아직 남아 있어 그런 지경에 빠지지 않았다.

그렇다고 아주 영향이 없던 것은 아니었다.

아랫배 하단전에 있던 기운들이 날뛰며 성환의 뇌혈관에 타격을 주었다.

인간의 신체 중 가장 신비한 곳을 찾으라면 백이면 백, 뇌라고 꼽을 것이다.

이런 뇌에 충격이 온 때문에 성환은 자신도 모르는 사이 무척이나 단호한 성격이 되었다.

전에는 냉정하게 상황 파악을 하는 사리분별한 사람이었다면, 지금은 그에 도를 넘어 자신의 기준에 벗어난 사람에 대해선 가차 없이 손을 쓸 정도로 냉혹해졌다.

이렇게 냉혹해진 성환은 조금 전 고문으로 이미 폐인이 된 박원춘을 내려다보며 그를 어떻게 처리할 것인지 궁리했다.

그리고 결론은 아주 간단했다.

이대로 버려두는 것이었다.

아직 죽지 않은 그에게 죽을 때까지 고통을 받으며 죽으라는 것이다.

"넌, 네가 행한 일의 대가를 치르며 죽어 갈 것이다."

박원춘의 귀에 그렇게 속삭인 성환은 일단 부대로 복귀를 하였다.

◈   ◈   ◈

성환은 부대에 복귀를 하자마자 특전사 사령관에게 찾아가 전역을 신청하였다.

앞으로 자신이 할 일은 박원춘에게 알아낸 원수들에게 복수를 하기 위해서는 군인이란 신분이 필요 없었기 때문이다.

아니, 군인이란 신분은 자신이 하려는 일에 방해만 되었다.

작전 지역을 벗어날 수도 없기에 원수들이 있는 곳에 자유롭게 다닐 수가 없었다.

그래서 성환은 군인에 대한 미련을 버렸다.

한편 누나의 장례식에 다녀온 뒤 갑자기 성환이 전역을 신청하자 부대에선 난리가 났다.

전군 최고의 전력이 군을 나가겠다고 하니 문제가 커졌다.

말은 하지 않았지만 성환이 군에서 차지하는 비중은 어마어마하였다.

각국 특수부대 경연 대회에서도 나라의 자존심을 살려 주었고, 또 그가 있음으로 인해 대한민국이 미국에게 그동안 많은 지원을 받았었다.

성환의 능력을 알게 된 미국은 자국의 특수부대에도 무술 교관으로 초청을 하여 강연은 물론이고 수련까지 받았다.

물론 이건 한국군과 미군 간의 은밀한 거래였다.

그래서 외부에는 전혀 알려지지 않았다.

그런데 그런 중요 자원인 성환이 전역을 하겠다고 하니 난리가 난 것이다.

이 때문에 특전 사령관은 물론이고, 육군 참모총장까지
나서서 성환의 전역을 막아 보려 하였다.

하지만 이미 마음을 굳힌 성환은 그들의 만류에도 고집
을 꺾지 않았다.

3.
만수파의 몰락

대한민국 부촌하면 가장 먼저 떠오르는 곳.

대한민국 수립부터 부자들과 권력자들이 모여들었던 부촌 일 번지인 성북동 한 저택에서 젊은 남자의 고통에 찬 비명이 흘러나오고 있었다.

"아악! 아버지, 나 좀 죽여 줘, 제발!"

얼마나 고통이 심하기에 자신을 죽여 달라고 애원하는 것인지 이제 겨우 20대 후반의 젊은이가 자신의 침대에 누워 소리치고 있었다.

팔에는 수액을 맞는 중인지 링거 수액이 연결이 되어 있었고, 몸에는 무슨 검사를 하는 것인지 전자 패치를 붙이고 있었다.

그런 남자를 지켜보는 시선이 있었는데, 그 시선의 주인공의 눈에는 참담한 안타까움이 가득 담겨 있었다.

"홍 박사님 도대체 병명이 뭡니까?"

남자는 자신의 아들이 고통스럽게 비명을 지르고 있는 것을 지켜보다 자신의 옆에 서 있는 반백의 남자에게 물었다.

김혁수의 아버지인 김병두 의원은 자신의 집안 주치의인 홍학표에게 물었다.

벌써 자신의 아들이 저렇게 이상 증상을 보이기 시작한 지 일주일이 넘어가고 있었다.

김병두 의원의 질문을 받은 홍학표는 심각한 표정으로 김병두의 질문에 답변을 했다.

"음, 이렇게 말하는 나도 답답하지만 현재로써는 원인을 알 수가 없네."

"원인을 알 수가 없다니요?"

"그것이 검사 결과에는 현재 혁수 군의 몸에는 이상이 없다는 결과가 나왔네."

홍학표는 김혁수를 검사한 결과 아무런 이상이 없다는 결과를 얻었다.

하지만 자신이 보는 내내, 아니, 검사할 때부터 김혁수는 상당한 고통에 시달리고 있었다.

그리고 그 고통이 결코 꾀병이 아니라는 듯 지금 온몸

에 식은땀을 흘리며 비명을 질러 대고 있었다.

더군다나 자신을 죽여 달라는 소리까지 하고 있으니 김혁수를 검사한 홍학표로써는 참으로 난감했다.

김혁수의 집안과 알고 지낸 것도 벌써 수십 년이다.

그의 조부인 김한수 의원과 동문인 관계로 인연이 되어 집안의 주치의가 되었다.

그동안 홍학표는 여당 실세인 김한수 의원의 뒷받침으로 인해 대한 의사 협회에서도 상당한 권위에 있는 위치에 있을 수 있었다.

이 때문이라도 홍학표는 그의 손자인 김혁수를 위해 상당한 영향력을 발휘해 여러 가지 검사를 했다.

하지만 모든 검사에서 정상 반응이 나왔다.

다만 김혁수를 검사한 의사들이 하나같이 CRPS, 즉 복합부위 통증증후군과 유사하다는 소견을 내놨다.

하지만 그것도 정확하지 않은 것이 CRPS는 교통사고나 신체 절단 수술과 같이 신체에 큰 사고가 발생한 뒤 모든 상처가 다 회복이 된 상태에서 자율신경계의 이상으로 사고 당시의 고통 이상으로 통증을 느끼는 증상이다.

그렇지만 김혁수는 전혀 그런 사고를 당한 적이 없었다.

더욱이 김혁수는 아무 이상이 없다가 친구들과 술집에서 술을 마시고 난 다음 그런 증상을 보이고 있었다.

또 당시 김혁수와 함께 했던 친구들 모두 그런 증상을 보인다는 것이었다.

이는 학회에도 보고가 되지 않은 그런 증상이라 홍학표 박사가 알고 있는 많은 의사들은 물론이고 일주일이라는 짧은 기간에 검사를 했지만 원인을 알 수 없다는 답변만 들었다.

그러니 홍학표도 김병두의 질문에 다른 의사들과 마찬가지의 답변만을 할 뿐이다.

한편 아직도 비명을 지르고 있는 아들의 모습을 지켜보고 있던 김병두는 그런 홍학표의 대답을 듣고 눈을 차갑게 빛냈다.

원인을 알 수 없는 병에 걸려 아들이 고통을 받고 있는데, 아무것도 해 줄 수 없는 마음이 무척이나 쓰렸다.

할아버지 때부터 권력의 중심이 되기 위해 무던히도 노력을 했다.

사실 김병두의 집안은 그리 잘난 집안이 아니었다.

근대 초까지만 해도 김병두의 집안은 부자 집 머슴으로 지내고 있었다.

그러다 대한민국이 을사조약으로 주권을 잃고 일본의 식민지가 되면서 그의 조부는 일본 경찰의 앞잡이가 되어 동포를 탄압하는 데 앞장을 섰다.

그리고 일본이 패망하고 조선이 해방이 되고 나서는 바

로 점령군인 미군에 협력해 미군의 앞잡이로 공산주의자들을 잡는다는 명목으로 예전 자신에게 원한이 있는 독립군들을 빨갱이로 몰아 잡아들였다.

이렇게 권력의 하수인이 되어 권력의 중심에 있던 김병두의 집안도 한때 위기가 있었다.

바로 4.19혁명 때였다.

4.19혁명은 영구 집권을 하려던 자유당 정권에 맞서 일어난 학생들의 혁명이었다.

이때 자유당 부총재였던 이기봉의 오른팔이었던 김병두의 할아버지는 이기봉이 부정 선거로 부통령이 되는데 앞장섰다가 된서리를 맞게 되었다.

하지만 그때도 김병두의 집안의 운이 끝나지 않았는지 많은 이들이 권력을 잃고 초야로 사라져갔을 때, 그의 할아버지는 또 다른 권력자의 품으로 들어가 변신을 꾀했다.

그것이 바로 군사 정변으로 권력을 잡은 공화당의 후원자로 나선 것이다.

이렇게 권력의 주변을 맴돌며 그의 집안은 태생의 한계를 뛰어넘기 위해 부단히 노력을 하였다.

그렇게 노력한 대가로 김병두의 아버지인 김한수는 여당의 실세로 여섯 번이나 국회의원에 당선이 되었고, 자신도 이번 회기 초선에 당선이 되었다.

그리고 자신의 아들도 할아버지와 아버지가 그랬고 자

신이 그랬듯 뒤를 이어 국회의원이 되는 것을 의심치 않았다.

이미 길은 아버지와 자신이 잘 닦아 놓고 있었기에 나이만 차면 충분히 사 대가 국회의원이 되는 것은 당연했다.

그런데 유일한 독자인 김혁수가 지금 원인을 알 수 없는 병으로 고통을 받고 있었다.

비록 남들은 개망나니에 천하의 죽일 놈이란 소리를 듣지만, 그건 젊어서 한때 실수한 것에 지나지 않는 작은 흠이라 생각하고 있었다.

아니, 남자라면 여자를 좋아할 수 있는 것이니 흠도 아니라 생각했다.

그렇기에 김병두는 아들이 사고를 치면 자신이 나서거나 아니면 아버지의 권력을 이용해 무마했었다.

얼마 전에도 천한 것들이 아들의 앞날에 흠집을 내려고 했지만 무사히 넘길 수 있었다.

그런데 그런 아들이 고통스러워하는데 이번에는 어떤 도움도 줄 수 없다는 사실에 답답했다.

그런 김병두의 마음은 대상도 없는 곳에 분노를 하게 되었다.

물론 그의 아들인 김혁수가 지금 고통을 받고 있는 것은 다 자업자득이었지만 그러한 것을 김병두는 모르고 있었다.

그리고 이런 모습은 이곳 김병두의 집에서만 벌어지고 있는 일이 아니라 당시 김혁수와 함께 있던 그의 친구들도 같은 모습을 하고 있었다.

◈　　◈　　◈

늦은 밤거리를 성환은 홀로 걸었다.

성환이 부대 내에 있지 않고 이렇게 밖에 있는 것은 갑작스럽게 성환이 전역 신청을 한 것을 조금이나마 달래보려는 상관들의 노력 때문이다.

하지만 이미 누나의 죽음으로 마음이 떠난 성환의 마음을 돌리기에는 너무 늦었다는 것을 모르고 있었다.

성환은 지금 복수를 하기 위해 길을 나섰다.

누나의 죽음과 연관이 있는 자들 중 신변에 관해 알고 있는 사람이 딱 한 명 있기에 그를 찾아가는 중이다.

누나의 복수는 자신의 몫이기에 이번에는 진성에게도 연락을 하지 않았다.

확실하진 않지만 진성이 자신의 동기인 최세창 중령과 연관이 있는 것 같았기 때문이다.

물어보진 않았지만 아무래도 부대 밖을 감찰하기 위해 존재한다는 그들인 것 같았다.

그렇기에 진성에게 연락을 하지 않고 직접 나섰다.

어차피 다른 자들이야 만수파라는 곳의 조폭 두목의 입으로 들으면 되는 문제이기에 성환은 그리 크게 걱정하지 않았다.

그동안 여러 사람들을 겪어 봤지만 자신이 익힌 고문을 벗어난 사람은 없었다.

고대의 무술인들이 행하던 이 고문술은 소설에 나오는 것과 비슷한 것인지 아니면 동일한 것인지, 자신이 겪어보지 못해 실감할 수는 없었지만, 자신의 손에 당한 자들의 반응을 보면 소설이 꼭 허구만은 아님을 알 수 있었다.

성환은 이런저런 생각을 하며 걷다가 문득 낮에 자신을 찾아온 부하들이 생각났다.

엄밀히 따지만 자신의 부하는 아니다.

정보사령부 소속의 특수부대원들이다.

예전 자신이 그렇듯 이들은 소수 또는 팀으로 적진에 침투해 아군에 필요한 정보를 빼 오거나, 적의 주요 시설물을 폭파, 적에게 혼란을 주는 것이 목적인 부대다.

사실 그들과 성환의 차이점은 별거 없었다.

성환은 특전사령부 소속이고 자신이 가르친 이들은 정보사령부 소속이라는 것이 틀릴 뿐이다.

여기서 특전사령부 소속의 특전사와 정보사령부 소속의 부대원들과 어떤 차이점이 있는지 설명을 하자면, 정보사

령부 소속의 특수부대원들이 먼저 적진에 침투를 해 가져
온 정보를 토대로 작전을 구상하고 실행하는 것이 바로
성환이 소속된 특전사부대들이 하는 것이다.

즉 정보사령부 쪽에서 먼저 실행하고, 나중에 들어가는
것이 특전사라는 것의 차이였다.

그리고 특전사가 투입이 된다는 소리는 전쟁과 같은 상
황이라는 소리나 마찬가지다.

물론 예전 성환이 북한에 들어갔던 작전은 전쟁 상황은
아니지만, 북 핵이라는 전쟁에 준하는 특수한 상황이었기
에 작전이 펼쳐진 것이다.

아무튼 성환이 가르쳤던 대원들이 성환이 전역 신청을
했다는 소식을 듣고 찾아왔다.

"교관님, 정말이십니까?"

"뭐가?"

성환은 자리를 정리하고 있을 때, 단체로 몰려와 자신
에게 물어 오는 이들을 보았다.

찾아와 질문을 하고 있는 이들은 이곳 정보사령부 소속
의 특수부대원들이었다.

정보사령부에는 일명 북파공작원이라 불리는 HID나
UDU, OSI등등이 있다.

그리고 이들 중에서도 최정예만 따로 모아 만든 비밀

부대가 바로 이들.

성환은 백두산에서 생환한 후, 부하들을 잃은 괴로움에 많은 시간을 방황했다.

그런 방황에서 벗어나기 위해 혹독하게 자기 수련을 한 덕인지, 다른 부대원들과 성환의 기량은 비교 불가할 정도로 벌어졌다.

이 때문에 사령부에서는 성환은 무술 교관으로 임명하고 그를 활용하기로 결정했다.

이는 성환도 어차피 백두산에서 얻은 기연을 자신의 것으로 만들기 위해 노력을 하던 때라 거부감 없이 받아들였다.

그리고 시간이 흘러 성환이 자신이 얻은 기연을 어느 정도 수습을 하고 뒤돌아보니 자신의 주변에 이들이 있었다.

그저 상부에서 시켰기에 가르치기 시작했던 이들이 어느 사이 자신의 부하들만큼이나 정이 들어 버렸다.

그래서 전역 신청을 하면서도 내내 마음에 걸렸었다.

그런데 이렇게 찾아와 물어 오니 성환은 선 듯 말을 해 주기가 망설여졌다.

자신의 개인적인 복수를 하기 위해 군을 나간다는 것을 어떻게 설명을 해야 할까.

성환은 한참을 고심하다 입을 열었다.

"앉아라."

조금은 딱딱한 성환의 말에 성환을 찾아왔던 이들이 자리에 앉았다.

자신을 보는 이들에게 성환은 천천히 설명을 했다.

"너희들도 귀가 있으니 소식은 들었을 것이다."

말을 꺼내는 자신의 입을 주시하는 많은 시선을 느끼면서도 성환은 최대한 담담하게 말을 이었다.

"네겐 가족이라고는 누님 한 분과 조카가 한 명 있었다."

성환이 자신의 가족 이야기를 하자 대원들은 눈을 반짝였다.

성환을 자신들의 교관으로 그에게서 여러 가지 현장에서의 생존 기술이나 무술을 배웠다.

그러면서도 한 번도 듣지 못했던 그의 가족사를 듣게 되자 모두 긴장을 하였다.

"그런데 이번에 누님이 돌아가셨다."

성환은 누나의 죽음에 관해 간단하게 설명을 하고 자신이 조카를 돌봐 줘야 한다는 이야기도 했다.

"누님이 돌아가셔서 미성년인 조카 혼자 생활을 해야 한다. 그래서 내가 그 아이를 돌보기 위해 군을 나서기로 했다."

너무도 담담히, 꼭 다른 사람의 이야기를 하듯 말을 하고 있는 성환의 모습에 그를 찾은 이들이 모두 진저리를 쳤다.

"교관님, 굳이 교관님이 전역을 하지 않아도 충분히 조카를 돌볼 수도 있지 않습니까?"

"물론 그럴 수도 있지. 하지만……."

성환은 말을 하다 말고 잠시 침묵을 했다.

그런데 갑자기 침묵하는 성환을 주시하던 이들은 모두 깜짝 놀라며 앉은 자리에서 뒤로 주춤 물러났다.

그 때문에 그들이 앉았던 의자는 듣기 싫은 소음을 냈지만 아무도 그것에 신경 쓰지 않았다.

"이미 마음을 굳혔으니 더 이상 할 이야기 없다."

"교관님!"

"그만들 돌아가 봐!"

성환은 자리에서 일어났다.

그런 성환의 모습에 이들은 더 이상 뭐라 말을 하지 못하고 물러났다.

확실히 방금 전 성환에게서 느껴진 기운은 평소 보이던 교관의 모습이 아니었기에 모두 더 이상의 말을 하지 못하고 물러난 것이다.

성환은 억지로 그들을 밖으로 내보내고 제자리에서 눈을 감으며 감정을 다스렸다.

이야기를 하던 중 누나의 죽음을 생각하자 본능적으로

살기가 피어올랐기 때문이다.

살인자 박원춘으로부터 들었던 누나의 죽음에 관한 비밀.

누나의 죽음이 단순 우발적 범행이 아닌, 누군가의 청부에 의한 살인 사건이란 것을 알았을 땐 분노를 참을 수 없었다.

다행이라면 성환이 익힌 무공이 광폭하고 패도(覇道)적이기는 해도 살기가 강한 무공은 아니라는 것이었다.

그 덕분에 당시로써는 끓어오르는 분노를 가까스로 참을 수 있었다.

만약 성환이 그 분을 참지 못했다면 그 일대는 전쟁터가 방불케 하는 폐허가 되었을 것이었다.

아무튼 나쁜 기억을 빨리 떨치기 위해서라도 성환은 일찍 일을 시작하기로 했다.

성환은 길을 걷다 잠시 낮의 일이 생각났지만 금방 털어 냈다.

성환이 그럴 수 있던 것은 바로 생각을 하면서도 그의 발은 목적지를 잊지 않고 계획하던 곳으로 곧장 왔기 때문이다.

눈앞에는 건물은 조카의 실종 사건을 조사 하던 중 관련자 중 한 명이 운영하는 호텔이었다.

조폭이면서 어떻게 이런 부를 축적했는지 평생 군인이었던 성환으로써는 상상이 되지 않았지만 일단 자신의 목표가 저곳에 있다는 것을 잘 알고 있는 성환은 잠시 호텔 앞에서 커다란 건물을 바라보았다.

조직폭력배 두목이 이 커다란 호텔의 주인이라 생각하니 귓가에 서민들의 통곡 소리가 들리는 듯했다.

피식!

성환은 그런 생각이 들자 자신도 모르게 피식하고 웃어버렸다.

그건 아무리 자신이 일반인들과 다르게 무공이란 것을 익혀 내공을 가지고 있다고 해도 절대로 그런 것을 들을 수는 없기 때문이다.

선입견이라는 것이 참으로 무서운 것이, 조폭이 고급 호텔을 소유했다는 생각이 들자 얼마나 많은 선량한 사람들을 갈취했으면 이런 곳을 가질 수 있을까, 하는 생각에 잠시 그런 환청을 들은 것이다.

이런 정황을 금방 깨닫고 자신도 모르게 웃어 버린 것이기도 했다.

잠시 호텔을 쳐다보던 성환은 다시 걷기 시작했다.

그런데 그의 발걸음이 향한 곳은 호텔 로비가 아닌 지하 주차장으로 들어가는 곳이었다.

주차장 경사로를 돌아 내려갔다.

빙글빙글 길을 따라 내려가니 지하 일층이 나오고 계속 해서 길을 따라 내려가자 어느덧 지하 오층까지 내려오게 되었다.

지하 오층은 이곳 샹그릴라 호텔의 가장 밑에 있는 곳 으로 구석에 만수파의 조직원들이 있는 휴게실이 있었다.

성환은 한쪽 구석에 있는 철문을 보며 걸어가 그 문을 열었다.

"누구십니까?"

성환이 문을 열고 안으로 들어서자 모여 있던 사람 중 한 명이 물었다.

자신에게 질문을 하는 사람을 잠시 돌아보던 성환은 자 신이 잘 찾아왔다는 생각을 했다.

혹시나 이곳에 깡패들이 아닌 일반 사람들이 있으면 어 쩌나 하는 걱정도 있었지만 안에 있는 이들을 살펴보니 성환의 눈에 일반인은 전혀 보이지 않았다.

짧게 각을 세워 깎은 일명 깍두기 머리를 하고 검정색 양복을 유니폼 마냥 맞춰 입은 그들의 모습은 성환에게 미소를 짓게 했다.

물론 그 모습이 우습다는 것은 아니다.

일반 사람들이 보기에 덩치가 큰 성인 남성들이 단체로 단합된 모습을 하고 있는 모습을 보며 위압감을 느낄 것 이다.

하지만 성환은 그런 일반인이 아니기에 겉으로 보이는 모습을 보는 것이 아닌 그들이 풍기를 기(氣)를 느끼고 웃는 것이었다.

겉으로 보이는 모습과 다르게 그들은 내부적으로 썩었는지 겉모습과 다르게 별다른 기운을 발산하지 못하고 있었다.

아니, 차라리 언젠가 군부대로 견학을 온 고등학교 운동부원들이 이들보단 더 활발한 기운을 발산하고 있었다.

그러니 그것과 비교해 별거 아닌 이들을 보고 웃은 것이었다.

하지만 질문에 답을 하지 않고 자신들을 보며 비웃는 듯한 성환의 모습에 심기가 불편해진 이들이 있었다.

"너 뭐냐고!"

그는 자신의 심기가 불편함을 여실히 보여 주며, 자신보다 그래도 나이가 있어 보이는 성환을 보며 고함을 질렀다.

아무리 성환이 무공을 익혀 나이보다 젊어 보이기는 하지만, 그래도 뜨거운 태양 아래 훈련을 하던 성환의 피부는 좋은 것과는 조금 거리가 있었다.

그렇기에 고등학교 중퇴거나 아니면 고등학교를 졸업하자마자 깡패의 길로 들어선 이들 보다는 나이가 들어 보였다.

사실 이곳 지하 오층에 있는 이들은 만수파의 정식 조직원이 아닌, 수습 기간을 거치고 있는 양아치들이었다.

그랬기에 이곳에서 호텔로 들어오는 차들을 관리하며 용돈 벌이나 하다가 조직에 분쟁이 생겼을 때 출동하곤 하는 이들이었다.

그러다 윗선의 눈에 띄면 정식 조직원으로 들어가는 것이다.

그렇기에 나이는 있어 보이지만 자신들이 알고 있는 조직의 상급자가 아니기에 막말을 하는 것이다.

아마도 길을 잘못 들어온 것으로 생각하고 그런 것이리라.

물론 모르고 이곳을 찾는 일반인들도 간간이 있었기에 이럴 때면 호텔의 손님이거나 호텔에 딸린 카지노의 손님이라 생각하고 이렇게까지 막말을 하지 않았을 것이지만, 조금 전 성환이 이들을 보고 비웃은 것 때문이 심기가 불편해진 이들이 성을 내는 것이다.

성환은 자신을 보며 고함을 친 나이 어린 청년을 보았다.

물론 겉보기에는 그나 성환이나 별로 나이 차이를 보이지 않고 있었지만 사실 성환에게 고함을 친 사내의 나이는 고작 20대 초반인 24살의 남자였다.

성환은 자신에게 고함을 친 남자를 보며 다시 한 번 자신도 모르게 실소를 했다.

피식!

이번에도 성환이 대답을 하는 것이 아니라 미소를 짓자 방안의 분위기가 일순 바꼈다.

"이런 씨팔 놈이!"

"너 뭐야, 새끼야!"

여기저기서 고함 소리가 들렸다.

하지만 성환은 그들이 뭐라고 하던 상관도 않고 잠시 이들을 살피기만 할 뿐이었다.

그리고 그것도 잠시 방 안에 있던 이들을 살피던 성환은 이들 중에는 두목 급이 없음을 깨닫고 한마디 했다.

"최만수를 만나려면 어디로 가야 하나?"

그런데 성환이 자신들의 두목의 이름을 직접 언급을 해서 그런지 순간적으로 이들은 성환이 말하는 최만수라는 사람이 누군지 깨닫지 못했다.

"최만수가 누구야? 귀에 익은데!"

한 명이 그리 말을 하자 모두 고개를 갸웃거리기만 할 뿐, 선 듯 대답을 하지 못했다.

하지만 그렇게 웅성거리다 누군가 소리쳤다.

"이런 개새끼가 감히 사장님의 성함을 함부로 짓거리다니!"

"저 새끼 조져!"

누군가 최만수의 이름을 생각해 내고는 바로 소리쳤다.

그렇지만 성환에게 이들이 수십이 덤벼도 전혀 위협이 되지 않았다.

자신을 덮쳐 오는 깡패들을 하나하나 처리하며 쓰러뜨렸다.

원 샷, 원 킬.

정말이지 딱 그 말이 정답이었다.

너무도 엉성한 깡패들의 동작에 별다른 예비 동작 없이 그들의 급소에 한 방씩 먹여 주었다.

성환에게 맞은 깡패들은 숨이 턱 막히는 듯한 충격을 받았다.

너무나 큰 충격에 그들은 아무 소리도 못하고 속으로 앓고 있었다.

성환은 자신에게 맞아 바닥에 쓰러진 깡패들 중 조금 나이가 있어 보이는 하나의 멱살을 잡고 일으켜 의자에 앉혔다.

"자, 그럼 내 질문에 답을 들어 볼까?"

성환은 그렇게 말을 하며 그자의 얼굴 가까이 자신의 얼굴을 들이밀었다.

◈　　◈　　◈

성환이 만수파의 두목의 거처를 알게 되기까지 많은 시간이 걸렸다.

최만수의 거처를 알아내는 데 시간이 걸린 이유는 처음 지하 주차장에 있는 사무실에 있는 이들이 두목인 최만수의 행방을 모르기 때문이었다.

그래서 그보다 위의 간부급들을 만나기 위해서 성환은 지하에 있는 카지노로 가야만 했다.

예전 김용성이 사용하던 사무실에 찾아가 지하 주차장에서와 같이 몸을 어루만져 주고 나서야 두목인 최만수의 거처를 알아냈다.

최만수는 최근 둘째 아들의 병 때문에 사무실에 오래 있지 않는다는 소리를 들었다.

성환은 호텔에 그가 없는 이유를 듣고서야 왜 최만수가 그리 늦은 시간도 아닌데 사무실에 없는지 알게 되었다.

자신이 벌을 주기 위해 최종혁과 그의 친구들이 술집에서 술을 먹고 있을 때, 몸에 손을 써 둔 것 때문에 일찍 들어간다는 소리였다.

최만수의 위치를 알자마자 성환은 남은 조폭들을 손봐 주고 최만수가 있다는 집으로 향했다.

◈　　◈　　◈

만수파 두목 최만수는 오늘도 호텔에서 돌아와 아들의 방을 들여다보았다.

어떻게 된 것인지는 모르지만 장남인 최진혁은 머리 좀 식히겠다며 외국에 나간 뒤로 소식이 끊겼다.

그리고 차남인 최종혁은 원인 불명의 병으로 고통을 받고 있는 중이었다.

비록 둘째인 종혁이 애물단지에, 남들에게 손가락질 받으며 개차반이란 소리를 듣지만 그래도 자신에게는 소중한 아들이다.

그렇기에 큰아들의 반대에도 불구하고 손을 써 사고를 막았다.

그런데 억지로 수습한 것이 하늘의 노여움을 산 것인지 아들은 이상한 병에 걸려 고통을 받았다.

아니, 지금도 고통에 시달리다 의사의 처방으로 억지로 잠이 들었다.

하루에도 몇 번씩 고통을 호소하는 아들을 지켜보고 있노라면 깡패인 최만수도 어쩔 수 없었다.

살벌하고 냉혹한 깡패이지만, 아버지는 아버지.

아들의 고통이 그대로 느껴지는 듯 가슴이 무너졌다.

"아직도 원인을 알 수 없는 것이오?"

종혁이 잠든 모습을 지켜보다 거실로 나온 최만수는 다 늙은 모습으로 종혁에게 모르핀을 주사하고 나온 담당의에게 물었다.

최종혁은 고통이 심해 일반 수면제로는 잠을 잘 수가 없을 정도로 시달리고 있었다.

성환이 이들에게 건 저주는 이렇게 20대 후반의 청년이 일상생활을 하지 못할 정도로 고통을 유발하게 하였다.

하지만 아무리 이들이 큰 고통을 느낀다고 해도 이들에게 피해를 본 피해자들이 겪은 고통에 비하면 새 발의 피.

그렇기에 성환도 당시 과감하게 차라리 죽는 것이 편할 것 같은 응징을 하였다.

한편 자신들이 저지른 일 때문에 성환으로부터 벌을 받고 있다는 것도 모르고 의사들을 닦달하며 어떻게 해서든 자식들의 고통을 덜어 주기 위해 노력들을 하고 있다.

"데이터상으로는 전혀 이상이 없다고 나오고 있습니다."

"네가 지금 그걸 묻는 것이 아니지 않소?"

"사장님, 저도 사장님께서 무슨 말씀을 하시고 있는지 잘 압니다. 하지만 저희로써도 데이터가 이러는데 병의 원인을 알 수가 없습니다."

비록 조폭 두목의 집에 불려 오긴 했지만, 그래도 의사로서 환자가 있다는 이유로 찾아와 검사를 하고는 있지만 현재 할 수 있는 일이 없었다.

발병 원인도 또 어째서 그런 고통을 느끼는 것인지도

알 수가 없기에 현재 의사가 할 수 있는 일이라고는 고통을 덜어 주기 위한 향정신성의약품, 즉 마약을 처방하고 있을 뿐이다.

수술 환자의 고통을 줄여 주기 위해 개발된 모르핀, 하지만 현대에는 이 모르핀이란 것이 중독성이 강한 환각제로써 쓰이고 있어 그 관리에 각별히 주의가 필요하다.

하지만 이곳이 일반 가정 주택도 아니고 조폭의, 그것도 두목의 집이기에 찾아보면 이 집에도 모르핀과 비슷하거나 더한 것도 나올 것이 분명했다.

다만 이들이 의사를 불러서 주사를 놓는 것은 혹시 임의로 마약을 다루다 최종혁이 잘못될까 걱정이 되어 전문의를 부른 것뿐이다.

◈　　◈　　◈

성환은 만수파 조직원을 고문해 알아낸 최만수의 집 앞에서 잠시 노려보았다.

조금 뒤면 그자의 얼굴을 직접 볼 수 있을 것이다.

최만수의 집을 노려보던 성환은 잠시 주변을 살펴보았다.

도둑이 제 발 저린다 했던가.

역시나 죄를 많이 지어서 그런지 그의 집 주변에는

CCTV가 여러 곳에 설치되어 있었다.

물론 구청에서 설치한 것도 있긴 하지만 이곳이 부자 동네여서 그런지 개인이 설치한 방범카메라도 많았다.

개인이 설치한 CCTV는 사생활침해의 소지가 있기에 각도가 극단적으로 기울어져 골목 전체를 볼 수는 없지만, 여러 집들이 좁은 구역이지만 촬영을 하고 있기에 몰래 어떤 집을 숨어들기란 불가능했다.

그건 아무리 성환이라도 이 상태로는 자신의 행적이 들 킬 위험이 있었다.

차라리 이 골목에 들어오기 전부터 무공을 사용해 빠르 게 움직이며 사각을 이용해 침투를 한다면 모르겠지만, 지금처럼 골목에 들어와 최만수의 집을 살피는 와중에 침 입한다는 것은 자신의 정체를 바로 알려 주는 것밖에 되 지 않았다.

물론 최만수의 집에 침입을 한다면 자신의 목적을 모두 이룰 수는 있을 것이다.

하나 성환이 생각하기에는 누나의 죽음과 관련된 자들 이 최만수 혼자만은 아닐 것이란 생각 때문에 이곳에서 자신의 행적이 밝혀지는 것을 원하지 않았다.

만약 이곳에서 자신의 행적이 그들에게 들킨다면 자신 은 분명 행동에 제약을 받을 것이고, 그렇게 되면 남은 수 진이 위험해질 것은 불을 보듯 뻔했다.

그러니 자신의 행적을 들키지 않고 침투를 하여, 목적을 이루고 남은 가담자들의 행적을 파악해 그들마저 처리하는 것이 가장 좋은 계획이다.

'흠, 그냥 들어가기에는 조금 문제가 있어 보이는구나.'

주변을 살핀 성환은 전화를 거는 듯한 모션을 하다 골목을 나왔다.

남들이 보기엔 그저 조용히 전화를 하기 위해 골목에 들어온 것처럼 보일 것이다.

하지만 그 짧은 시간에 주변을 모두 살핀 성환은 너무도 많이 설치된 CCTV 때문에 자신의 계획이 지장을 받을 것 같아, 바로 처리한다는 생각을 버리고 많은 사람들이 잠이 드는 시각인 새벽 2시쯤에 다시 계획을 실행하기로 작전을 변경했다.

◈　　◈　　◈

새벽 2시가 되자 성환은 자신이 계획한 대로 움직였다.

워낙 복잡한 서울이지만, 이곳은 부자들이 사는 곳이라 그런지 늦은 시각이 되자 인적이 일찍 끊겼다.

그것은 성환이 움직이기에 아주 좋은 조건을 만들어 주었다.

인근 모텔에서 침투복으로 갈아입은 다음 옥상을 통해 밖으로 나왔다.

밖으로 나온 성환은 어둠과 동화라도 된 듯 담을 타고 빠르게 뛰었다.

주변의 배경과 어두운 색상의 옷, 그리고 빠른 움직임 때문에 성환은 간간이 다니는 사람들의 시선을 피할 수 있었다.

무엇보다 3m나 되는 높은 담 위를 뛰는 관계로 더욱 들킬 염려가 없었다.

이는 CCTV의 촬영 각도에서도 벗어난 것이라 사람의 시선은 물론이고 기계의 시선에서도 자유로울 수 있었다.

더군다나 높은 담벼락을 뛰다 보니 막힌 길을 돌아가는 수고도 줄일 수 있어 빠르게 최만수의 집에 도착할 수 있었다.

최만수의 집에 도착한 성환은 몸에 있는 기(氣)를 풀어 주변을 자세히 살폈다.

집 대문 뒤에 경비실이 보였다.

그곳에서 두 명의 인기척이 느껴지자 아무런 망설임 없이 담의 그림자 속에서 움직여 접근을 했다.

성환이 보기에 경비실 내에 있는 자들은 단순히 깡패들이 아닌 것 같았다.

경비를 서고 있는 이들이 단순 깡패였다면 아무리 두목

의 집이라고 하지만 새벽 2시에 깨어 있다고 보기 어렵기 때문이다.

만약 깡패가 이 정도로 엄정한 규정을 지키는 것이라면, 이들은 단순한 깡패 집단이 아닐 것이다.

물론 깡패라고 해서 기강이 해이한 것만은 아니겠지만, 성환이 생각하는 깡패들은 다들 그런 존재들로 사회에 해악만 끼치는 이들.

예전 일제강점기에는 건달이라는 것이 일본인들에게 핍박을 받는 서민들을 돕는 일도 했겠지만 지금의 조폭들은 그들과 다르다.

자신의 이득을 위해 타인의 권리를 무시하고 억압하며 갖은 패악을 부리는 쓰레기들.

그렇기에 성환은 깡패들에게도 과감하게 손을 쓰기로 했다.

하지만 그렇다고 무고한 사람에게까지 그렇게 할 생각은 없기에 초소에 있는 사람들을 자세히 살폈다.

역시나 성환의 예상대로 그들은 조폭 즉 깡패들이 아니라 경비업체 직원들이었다.

이는 최만수의 작은 부인인 박혜정 때문에 집안에 조폭들이 있는 것을 꺼려했기에 집의 경비를 조직의 깡패들을 이용하는 것이 아니라 전문 경비업체에 일임했다.

물론 낮에는 만수파 조직원들도 상당 수 존재했지만,

저녁시간만큼은 모든 조직원들을 밖으로 내보냈다.

이 때문에 최만수의 집을 둘러싼 세 채의 집들은 모두 만수파 조직원들이 기거하는 숙소로 사용이 되었다.

비록 집안에 함께 머물지는 않지만, 혹시라도 거처에 반대 세력이 침입했을 때 경비업체 직원들이 그들의 발길을 늦추면, 주변에 있던 집에서 그들의 뒤를 치기 위한 시스템을 마련해 두었다.

그렇기에 최만수는 작은 마누라의 부탁도 들어주면서 좀 더 자유로운 생활을 누릴 수 있었다.

하지만 그런 것은 지금 성환에게 무척이나 도움이 되고 있었다.

이들만 처리하면 안채에는 어떤 방해도 받지 않고 자신의 일을 볼 수가 있기 때문이다.

처음 최만수의 집에 도착했을 당시 기감을 펼쳐 주변을 살필 때 별달리 사람의 인기척이 느껴지는 것이 없어 조금 당황하기는 했지만, 자신이 잘못 찾아온 것은 아니기에 신중하게 주변을 살폈다.

아무튼 초소에 있는 두 사람을 처리하고 느긋하게 안채로 다가갔다.

덜컹!

현관문의 손잡이를 살짝 돌려 보았지만 역시나 안에서 잠겨 열리지 않았다.

'음, 잠겨 있군.'

현관이 잠긴 것을 파악한 성환은 어떻게 할 것인지 고민을 했다.

억지로 문을 열고 들어갈 수는 있지만 혹시라도 그러다 소음이 발생하면 어떤 변수가 발생할지 몰라 망설였다.

조금 망설이던 성환은 급할 것이 없다는 생각에 잠시 집 주변을 돌아보았다.

집의 구조는 이층으로 되어 있었는데, 일층의 모든 창이 쇠창살로 막혀 있었다.

하지만 고개를 살짝 올려다본 이층은 그런 것이 보이지 않았다.

아마도 일층은 혹시라도 모를 순간을 대비하기 위해 방범창을 설치했으리라.

높은 이층은 상대적으로 침입하기 어렵다는 생각에 창에 그런 것을 설치하지 않은 것으로 보였다.

하지만 성환에게 이층 정도의 높이는 장애가 되지 않았다.

두 다리에 내공을 돌려 발을 굴렀다.

4m도 되지 않는 높이의 이층 난간을 짚고 발코니에 올라섰다.

발코니에 올라온 성환은 그곳을 통해 내부를 살펴보았다.

그곳에는 작은 테이블과 의자 그리고 햇볕을 막아 주는 차양막이 있었다.

하지만 그런 것은 성환에게 중요한 것이 아니기에 부딪 치지 않게 통과해 발코니로 통하는 문의 손잡이를 잡아 돌렸다.

역시나 문은 굳게 잠겨 있었다.

그렇지만 이번에는 손에 내공을 돌렸다.

성환이 손에 내공을 운용하자 손잡이는 쉽게 돌아갔다.

내공을 이용해 억지로 잠금 장치를 파괴하고, 안으로 들어간 성환은 조심스럽게 주변을 살폈다.

인기척이 느껴지는 방을 들여다본 성환의 눈에 깊게 잠 이 든 최종혁의 모습이 보였다.

그의 얼굴이 보자 다시 예전 기억이나 화가 나긴 했 지만, 오늘 이곳에 침입한 목적이 최종혁이 아니기에 성환은 자신의 목적을 잃지 않고 다른 곳으로 이동을 했다.

이층을 다 돌아본 성환은 자신이 찾는 최만수가 보이지 않자 일층으로 내려갔다.

일층 안방으로 짐작되는 곳에 한 쌍의 남녀가 침대에 잠들어 있는 것이 보였다.

'여기 있었구나!'

자신이 찾고자 하는 최만수가 이곳에 있는 것을 확인한

성환은 조심스럽게 접근을 한 뒤 먼저 최만수의 옆에 누워 있는 그의 부인이 잠에서 깨지 않게 수혈을 짚었다.

그리고 최종적으로 최만수의 혈을 짚어 그가 반항하지 못하게 만들었다.

한편 늦은 시간까지 뒤척이다 겨우 잠이 든 최만수는 자다가 이상한 느낌을 받고 잠에서 깨었다.

'헉! 이게 뭐지?'

잠을 자다 무언가 자신의 몸에 닿는 느낌을 받고 깬 최만수는 자신의 몸이 마치 가위에라도 눌린 듯 몸이 움직이지 않아 깜짝 놀랐다.

'이게 어떻게 된 일이지? 내가 지금 가위에라도 눌린 건가?'

하지만 오랜 기간 동안 조직폭력배를 거느리다보니 감(感)이란 것이 발달했다.

지금 자신에게 일어나고 있는 현상이 절대로 가위 따위가 아닌, 현실이란 것을 말하고 있었다.

분명 자신의 느낌상으론 지금 자신이 잠을 확실히 깼다고 말하고 있지만, 움직이지도 못하고 입도 뻥긋하지 못하는 것이 마치 가위에 눌린 것처럼 불안하고 답답해 갈피를 잡을 수가 없었다.

이때 고민하는 최만수의 귀에 어떤 소리가 들렸다.

그런데 그 목소리를 듣고 있자니 수라장을 거쳐 온 최

만수도 한 번도 느껴보지 못한 두려움을 느끼게 만들었다.

너무도 차가운 목소리.

도저히 인간의 목으로 소리를 냈다고 말할 수 없을 정도로 차가워 한기(寒氣)마저 느끼게 했다.

"최만수, 네 말 듣고 있겠지? 네가 선택할 경우의 수는 단 하나다."

마치 판사가 선고라도 내리는 듯한 그 말투에서 최만수는 자신이 벗어날 수 없는 올가미에 걸렸다는 것을 깨달았다.

하지만 최만수가 어떤 생각을 하고 있건 성환은 자신의 할 말을 계속했다.

"내가 묻는 말에 순순히 대답을 하면 고통 없이 죽을 수 있을 것이다, 하지만……."

성환은 잠시 하던 말을 멈추고 그를 지긋이 내려다보았다.

그리고 성환이 말을 멈추자 잠에서 깨어나 정신이 없던 최만수는 그제야 소리가 들리는 쪽으로 시선을 고정했다.

최만수는 그동안 어둠이 익숙해지자 그제야 자신의 옆에 검은 그림자를 볼 수 있었다.

'헉!'

"일주일 전…… 40대 초반의 여성이 살인청부업자의 손에 죽었다. 그리고 그 죽음에 네가 연루가 되었다는 증거를 확인했다. 분명 너 혼자는 아니었을 것이다, 누구냐?"

밑도 끝도 없는 어두운 그림자 속의 남자의 말에 최만수는 그게 무슨 소린지 알아들을 수 없었다.

"으음음."

뭔가 말을 하려고 하지만 입에서 벙어리마냥 말소리가 아닌, 답답한 소리만 나왔다.

한편 성환은 최만수가 자신의 말을 알아듣지 못하고 있는 것 같아 다시 말을 이었다.

"네 아들에게 난행을 당한 아이의 부모를 죽이기 위해 청부를 하지 않았나! 그때 함께 했던 이들의 이름과 위치를 말하라는 것이다! 개종자보다 못한 네 아들의 친구의 부모들 말이다!"

성환은 답답한 마음에 직접 당시 사건에 연루된 최종혁의 친구들 부모에 관해 물었다.

그제야 질문을 하고 있는 사람에 관해 깨달은 최만수는 눈을 크게 떴다.

자신의 부하인 김용성이 그리고 자신의 큰아들인 진혁이 그렇게 자신을 막았던 이유를 깨닫게 되었다.

비록 많은 부하들이 상주하고 있는 것은 아니지만 현관의 입구는 독일제 자물쇠로 한 번 닫히면 비밀번호를 입력하지 않는 이상 열리지 않는다.

그리고 집 입구의 초소에 있는 경비업체 직원들은 전직

특수부대 출신의 전문 인력들이다.

그런데 그런 이들을 통과하고 또 첨단 보안 장치를 통과해 집에 침입한 성환의 모습에 최만수는 경악했다.

4.
최세창 중령의 고민

"그러니까 당신은 그 일에 연관이 없다?"

"그렇소, 으⋯⋯. 다, 당시 분명히 반대를 했단 말이오. 더욱이 당신이 군 특수부대 교관이라고까지 그들에게 알려 주었지만, 김병두 의원과 강남의 이진원 사장이 내 말을 무시하고 일을 벌인 것이오."

최만수는 이미 성환에게 기가 눌린 상태에서 엄청난 고문을 당하고 난 뒤라 자포자기 심정으로 모든 것을 들려 주었다.

하지만 몸에 남은 고문의 후유증인지 말하는 간간이 신음을 흘렸다.

한편 성환은 강남의 한 지역을 장악하고 있는 최만수가

만류를 하는데도 이를 무시하고 일을 벌인 사람이 있다는 말에 눈을 반짝였다.

왠지 그자들이 누나의 죽음에 직접적인 연관이 있다는 것을 느꼈다.

"그들이 누구지?"

"내 아들과 함께 사건을 벌였던 아이들의 부모 중 김혁수의 아버지가 새한당 의원이오. 그가 주동이 되어 내 말을 무시하고 일을 계획했고, 강남의 진원파 두목인 이진원이 청부업자를 알선한 것이오."

최만수는 당시 술집에서 들었던 이야기를 그대로 성환에게 알렸다.

자신보다 힘이 센 이들이 하는 일이라 어쩔 수 없었다는 취지로 말을 하는 것이다.

역시나 최만수도 깡패는 깡패라 그런지 어차피 성환이 죽이겠다고 말을 했는데도 진실을 말하는 와중에 자신에 대한 변명을 섞고 있었다.

하지만 그런 것은 성환에게 전혀 들어오지 않았다.

성환은 최만수로부터 누나를 죽이려고 계획한 이들이 누구인지 확실하게 알게 된 것만이 머릿속에 맴돌았다.

"당시 누구누구 그 계획에 함께했나?"

어느 정도 짐작을 하고 있지만 성환은 확실하게 하기 위해, 아니, 누나의 죽음과 연관이 된 이들을 하나라도 놓치지 않기 위해 최만수를 다그쳤다.

그런 성환의 모습에 최만수는 자포자기를 하며 모두 말했다.

"재판을 끝내고 난 뒤 아이들이 무혐의 판결을 받은 것을 축하하는 자리라 아이들의 부모들이 모두 참석을 하고 있었소."

최만수는 당시 아이들의 재판이 자신들의 의도대로 끝나자 자축 파티를 하기 위해 모였던 이들을 모두 알려 주었다.

김혁수의 아버지인 김병두 의원은 물론이고, 진원파의 이진원 사장 그리고 이병찬의 아버지인 이세건 사장이 함께 자리하고 있었고, 아이들의 변호를 맡았던 김인수 변호사와 당시 사건 담당 판사의 이름까지 알려 주었다.

"이런 개새끼들."

성환은 최만수로부터 당시 사건 담당 판사까지 자축 파티에 껴 범죄 모의를 듣고 있었다는 소리에 눈이 돌아갔다.

막말로 김인수야 당시 피고인들의 변호사였으니 승소에 대해 축하하는 자리에 있었다고 하지만 판사는 원칙적으로 변호사와 또 그와 관계된 이들과 개인적인 자리를 하지 못하게 되어 있다.

그런데 그런 것을 무시하고 사석에서 만나 술자리를 함

께 한 것도 모자라 그 자리에서 범죄 모의를 하고 있는 대도 무시했다는 것을 알게 되자 그자들도 그냥 둘 수가 없었다.

재판을 하다 보면 오심을 할 수도 있다.

하지만 판사가 사석에서 피고인과 연관된 자들과 함께했다는 말은 문제가 전혀 다른 것이다.

범죄를 판결해야 할 재판관이 범죄 모의 현장에 합석을 한 것은 물론이고 방지하지 못했다면 그는 재판관으로서 자격에 문제가 있는 사람이다.

아니, 사람이라고 볼 수도 없는 짐승보다 못한 인두겁을 쓴 요괴와 같은 존재다.

성환은 그런 자들은 하루라도 빨리 처리해야 피해를 보는 사람이 줄어들 것이라 생각한 나머지 그자들도 머릿속에 있는 생사부(生死簿)에 입력시켰다.

모든 이야기를 다 들은 성환은 최만수를 차갑게 내려다보며 말을 하였다.

"내게 더 들려줄 말은 없나?"

"그게 내가 알고 있는 전부요."

"그럼 약속대로 고통 없이 죽여 주지."

성환의 약속에 최만수는 다시 얼굴이 창백하게 변해 애원을 했다.

"제발 살려 주시오. 내 모든 것을 말하지 않았소?"

자신의 발을 붙들며 애원하는 최만수를 보면서 성환은 눈빛이 더욱 차가워졌다.

이렇게 자신의 생명에 애착을 가지면서 타인의 존엄은 생각지 않는 최만수의 행태에 벌레를 보는 것만 같았다.

성환은 최만수가 붙들고 있는 자신의 다리에 거대한 벌레가 꿈틀거리는 것만 같아 헛구역질이 났다.

특전사 훈련을 받고, 또 지옥과 같은 생존 훈련을 하면서 더한 것도 생으로 먹기까지 했던 성환이지만 지금은 심리적인 요인 때문인지 심하게 헛구역질이 났다.

무협지에 나오는 무술의 고수인 성환이지만 그건 견디기 힘든 것인지 얼굴이 찌푸려졌다.

"당신들 말마따나 짧고 굵게 살다가는 것이니 여한은 없을 것이다. 곧 네 뒤를 따라 많은 이들이 뒤쫓아 갈 것이니 억울하게 생각하지는 마!"

성환은 최만수의 말을 듣지 않고 바로 손을 썼다.

손바닥에 내공을 운용하여 최만수의 심장이 있는 가슴에 살짝 댔다가 떼었다.

그러자 최만수는 어떤 말도 하지 못하고 눈을 크게 뜨더니 조용히 자리에 쓰러졌다.

겉으로 보기에는 멀쩡해 보이지만 최만수의 심장은 충격으로 인해 마비를 일으켰다.

최만수의 사인은 아마 부검을 한다고 해도 심장 마비로

인한 돌연사로 판명이 날 것이다.

전혀 타살의 흔적이 남지 않게 격산타우(隔山打牛)의 수법으로 처리했기에 전혀 흔적이 남을 수 없다.

성환은 직접적인 연관은 없지만 모의 현장에 함께 있었고, 또 사전에 막을 수 있는 기회가 있었지만 막지 않은 책임이 있기에 최만수를 용서하지 않고 죽인 것이다.

죽은 최만수의 시신을 내려다본 성환은 이곳에 더 이상 볼일이 없어, 왔던 길을 따라 다시 돌아갔다.

'앞으로 몇을 더 죽여야 할지는 모르지만, 죽어야 할 놈은 죽어야지.'

성환의 눈에서는 푸른 귀광(鬼光)이 반짝였다.

◈　　◈　　◈

새벽 4시, 최세창 중령은 일직 사령으로 부대 순찰을 돌고 있었다.

기간마다 돌아가며 일직을 서야 하는 군 규정 때문에 최세창도 근무를 서는 것이다.

하지만 순찰을 돌면서도 한 가지 생각으로 인상이 찌푸리고 있었다.

동기이자 자신의 영원한 라이벌이라 생각하는 정성환 대령의 갑작스런 전역 신청 때문이다.

육사생도 시절부터 언제나 그에게 밀려 이 인자로 만족해야만 했던 최세창이지만 그렇다고 성환은 시기 질투하는 것은 아니었다.

아니, 군인으로서 동기이지만 성환을 존경하고 흠모하는 마음까지 있었다.

한때 비밀 작전에 나갔다가 함정에 걸려 부하들을 모두 잃고 돌아와 실의에 빠져 있던 그가 안타까운 때도 있었지만, 그는 그 시기를 잘 극복하고 지금에는 감히 가늠할 수 없을 정도의 능력을 가진 능력자가 되었다.

그런 성환의 능력을 누구보다 잘 알고 있는 세창은 군에 상신해 성환을 군 수뇌부 일부만 알고 있는 비밀 부대의 교관으로 만들었다.

그리고 그 계획은 100% 성공을 거두었다.

전 세계에서 최고라 평가받는 특수부대를 인정받는 대한민국 군대.

그중에서도 최고 중의 최고만 엄선해 장기간에 걸쳐 투자를 해 훈련시킨 부대는 1개 팀이 최고라는 특전사 부대를 피해 없이 제압이 가능했다.

특전사 부대라면 1개 대대가 사단급 병력을 제압할 수 있는데, 그런 특전사 부대를 여섯 명이서 상대가 가능한 것도 놀랄 일, 또 그 와중에도 피해가 전무하니 경악을 하지 않을 수 없는 일이다.

이는 비밀 부대가 창설되고 사 년이 되던 작년 겨울에 비밀리에 치러진 평가전에서 나온 전력이었다.

당시 군 수뇌부 일부가 정보사령부 산하 비밀부대의 필요성에 의문을 제기했다.

정보사령부 내에는 HID와 UDU 그리고 OSI가 편성이 되어 있었기 때문에 굳이 성환이 교관으로 있는 비밀부대가 필요하냐는 것이었다.

더욱이 성환이 교관으로 있으면서 대원들을 훈련시키는데 필요하다고 요구하는 물건들을 마련하기 위해 들어가는 예산이 만만치 않았던 것도 문제였다.

이 때문에 아직 완성이 되지 않았다는 성환의 말에도 불구하고 부대의 존속 여부를 놓고 평가전을 치르게 되었다.

처음 평가전을 치를 때는 기전 정보사령부 내에 있는 HID, 즉 북파공작원으로 키워진 대원들과 평가전을 했다.

일대일로 치러진 평가전은 너무나 일방적이어서 교육시킨 대원들에 대한 정확한 전투력 평가가 이뤄질 수가 없었다.

솔직히 HID의 훈련 과정도 일반인들이 상상하기 힘들 정도로 혹독한 훈련을 받는다.

철저한 개인 능력을 키우기 위해 인간 병기라 불릴 정

도로 훈련을 한다.

HID의 기량은 특전사 대원들과 일대일로 맞서면 특전사 대원들이 게임이 되지 않을 정도라 알려졌는데, 이들은 그들 보다 더한 괴물들이었다.

그래서 어쩔 수 없이 HID 팀과 비밀 부대원 한 명과의 전투가 벌어졌다.

시험은 두 가지로 치러졌는데, 하나는 체육관에서의 일대 육의 대결이었고, 또 다른 하나는 야외에서 모의 전투였다.

자신들이 쓰는 무기를 착용하고 상대를 죽이는 대결이었다.

물론 진짜로 죽이는 것이 아니라 전자 장비를 이용한 워 게임이었다.

그리고 그 시험에서도 비밀 부대원은 아무런 피해도 없이 HID 대원 여섯을 아웃시켰다.

이 때문에 시험을 요구했던 장성(將星)들은 물론이고, 시험에 참관했던 많은 군 관계자들이 경악했다.

그 뒤로 특수부대원들의 기량 향상을 위한 방안으로 성환은 특수부대 전체의 무술 교관으로 임명했다.

아무튼 이렇게 중요한 인물인 성환이 갑자기 군대를 전역한다는 말에 장군들은 물론이고 세창까지 고민하게 만들었다.

비밀 부대를 창설하자고 계획한 인물이 바로 최세창 본인이기 때문이다.

그런데 아직 그 부대는 완성된 것이 아니다.

성환에게 들은 것이 있기에 아직도 5년은 더 가르치고 훈련을 시켜야 완성이 된다고 했기 때문이다.

그런데 아직 반이나 남은 시점에서 가장 중요한 인물이 그만두겠다고 하니 미칠 노릇이다.

성환이 왜 그런 판단을 했는지 짐작이 간다.

하나뿐인 누나가 누군가에 의해 살해당했기에 복수를 하려고 한다는 것은 누가 보더라도 빤한 스토리였다.

그리고 최세창도 자신이 알고 있는 정보통을 이용해 어떻게 된 것인지 대충 짐작할 수 있었다.

성환의 조카를 납치했던 이들이 연관이 된 사건일 것이 분명했다.

세창은 그것을 알면서도 성환에게 직접적으로 알려 줄 수가 없었다.

그들은 민간인이고 자신과 성환은 군인이기 때문이다.

솔직히 생각 같아서는 그런 놈들을 죄다 쓸어버리고 싶지만 군인의 본분이 외부의 적을 막는 것인지라 그러지 못하고 있었다.

물론 세창도 또 다른 한편으로는 조국을 좀먹는 사회 암적인 존재들을 죄다 쓸어버리는 것은 어떤가, 하는 생각을 할 때도 있다.

아무리 군(軍)이 외부의 적을 막기 위해 노력을 해도, 정치를 하는 위정자(爲政者)들이 자신들의 영달(榮達)을 위해 국민의 염원을 무시하고 매국(賣國) 행위를 하는 것을 보노라면 1961년에 일어났던 선배들의 군사 정변을 다시 일으키고 싶은 충동이 일기도 했다.

국가 예산 심의 중 국방비가 많이 책정이 되면 주변국도 군비 경쟁에 뛰어들기 때문에 예산을 줄여야 한다는 황당한 주장을 하는 놈들을 보고 있으면 그들이 어느 나라 국회의원인지 의심이 갈 정도다.

아무튼 이래저래 최세창은 지금 순찰을 도는 시간에도 고민을 했다.

어떻게 해서든 성환을 잡아야 하기 때문이다.

더욱이 요즘 미국 쪽에서 이상한 낌새를 보이고 있기 때문에 더욱 성환을 붙잡고 있어야만 했다.

어떻게 알았는지 비밀 부대에 관한 정보가 일부 외부에 알려졌다.

누구의 입에서 나간 것인지 모르지만 이는 무척이나 심각한 문제였다.

막말로 비밀 부대의 정보가 외부에 알려진다면 주변국에서 들어오는 압력은 상당할 것이 분명했다.

더군다나 이 비밀 부대는 완전 편재가 이루어진 것이

아니라 시험적 부대라 절반 정도인 열두 명, 두 팀만 만들어졌기 때문이다.

이는 외부의 압력에 효과적으로 대처하긴 힘든 전력이었다.

사실 외부 압력이라고 했지만 그건 분명 내정 간섭이었다.

하지만 그건 힘 있는 자들에 의해 자행되는 것이기에 아직까지 그 힘을 갖추지 못한 대한민국으로써는 주변 강대국의 눈치를 보지 않을 수가 없다.

만약 미국이나 중국, 러시아가 모든 비밀을 알게 된다면 자신들도 그런 부대를 가지려 하거나, 그 부대 자체를 해체하게 만들 것이 분명했다.

막말로 핵무기는 가지고 있는 것만으로 억지력을 가진다.

물론 그렇다고 전쟁이 발발한다고 해서 그 무기를 막 쓸 수도 없다.

하지만 성환이 길러 낸 비밀 부대는 다르다.

특수부대가 그렇듯 이 비밀 부대도 비정규전에 투입이 된다.

그런데 일반 특수부대 대대급 병력이 움직인다면 아무리 소수라고 하지만 적에게 노출이 될 것이 분명하다.

노출이 된 특수부대는 아무리 강력한 전투력을 가지고

있다고 해도 100% 제 실력을 발휘할 수가 없다.

하지만 비밀 부대는 다르다.

여섯 명, 일 개 팀 단위로 움직이는 이들은 비록 적은 인원이지만, 그 전투력은 특수부대 대대급을 상회(上廻)한다.

또한 작전에 투입되더라도 들킬 위험이 적고 신속정확하게 목적을 이룰 수 있다는 장점이 있다.

그러니 자국에 위협이 되는 부대를 존속되게 만들 나라는 없다.

그건 우방이라는 미국도 마찬가지다.

지구 유일의 초강대국이라고 불리는 미국이지만 그들도 성환이 키운 부대원 같은 특수부대를 보유하지 못했기 때문에 그들도 모든 비밀을 알게 된다면 충분히 어떤 행동을 할지 뻔했다.

미국이 그런 비밀을 알고 있어서 그런 것인지 아니면 의심을 해서 그런 것인지는 모르지만 현재 국방부에 성환을 교관으로 파견해 줄 것을 요청한 상태.

이 문제로 국방부 내에서는 무술 교관인 성환을 파견해 주고 미국으로부터 원조(援助)를 받으려는 계획을 세우고 있었다.

그래서 국방부에서도 성환의 전역 신청으로 난리가 난 상태다.

하지만 현재 성환의 마음은 요지부동이라 많은 사람들
이 골머리를 쌓고 있었다.

◆　　　◆　　　◆

BOQ(독신 장교 숙소)를 순찰을 돌 때였다.

최세창 중령은 지금 시각이 새벽 4시를 넘기고 있는 시
간인데 누군가 BOQ로 들어오는 것이 어렴풋이 보였다.

"화랑!"

"담배!"

어두워 누군지 분간이 되지 않기에 암구호를 하였다.

그리고 맞은편에서 다가오던 그림자도 세창의 물음에
오늘의 합구호로 답을 하였다.

암구호로 같은 편임을 알게 된 세창은 어두운 그 형상
에 다가갔다.

이 새벽 시간에 누가 돌아다니는 것인지 확인하기 위해
서였다.

그런데 가까이 다가가니 자신의 동기인 성환이란 것을
알게 되었다.

"아니, 정 대령. 어디 갔다 와?"

"처리할 일이 있어 좀 늦었다."

최세창은 자신의 물음에 성환이 처리할 일이 있어 늦었

다는 말을 하자, 가볍게 질문하던 것에서 표정을 바꾸며 눈을 크게 떴다.

"너 설마⋯⋯."

뭔가 짐작하는 것이 있어 성환에게 다그치듯 물었다.

"실행에 옮긴 거냐?"

"언젠가 누군가는 치워야 하니, 내가 먼저 치우기로 했다."

"너 어떻게 하려고 그러냐! 그들은 민간인이야!"

"풋, 민간인? 그것들은 내 기준에 이미 인간이 아니다. 인간이길 포기한 것들은 다른 사람들을 위해 빨리 치워 버리는 것이 좋아."

성환은 세창의 말에 반발해 자신의 생각을 말했다.

"네 생각이 그렇다고, 남들도 그렇게 생각하지는 않아 문제지."

"⋯⋯."

"지금 네 문제로 군부 내에서도 무척이나 문제가 복잡하다. 미군에서는 네 행방에 대해서 탐문을 하고 있고, 또 비선을 통해 들어온 정보에 의하면 S1(사일런트 원)에 대해 정보가 그들에게 샌 것 같다."

국군 정보사령부에서 비밀리에 양성한 부대인 S1이 바로 성환이 비밀리에 양성한 비밀 부대다.

자신이 알고 있는 무공의 일부를 가르치고 또 정보사령

부에서 제공하는 갖가지 약제를 이용해 자신에 비하면 미비한 양이지만 내공도 어느 정도 키워 놓아 감히 세계에서 대적할 만한 부대가 없을 정도로 최정예 특수부대원으로 만들었다.

그런데 군 내부에서도 극비인 이들 S1의 존재가 미군에 알려졌다는 말에 성환도 깜짝 놀랐다.

그동안 자신이 조카와 누나의 일로 외부의 일에 신경을 쓰고 있다고 하지만 자신의 제자와도 같은 S1의 존재가 국내도 아니고 동맹이라 하지만 외국의 군대에 알려졌다는 것이 무척이나 신경이 쓰였다.

말로는 대한민국과 동맹이라고 떠들고 있지만, 정작 그들은 한국의 군대를 하청업체 내지는 주둔지에 방위비를 대신 내주는 존재 정도로 인식하고 있었다.

자국의 방위산업체들의 물건을 팔기 위한 시장 그 이상 이하도 아닌, 그런 곳이 미국이 생각하는 대한민국이고 대한민국 군대다.

대한민국이 자주 국방을 외치며 신무기 개발을 하려고 할 때마다 갖은 명목으로 이를 방해했다.

대한민국의 국방력이 아직 제자리를 잡지 못했을 때는 미군 철수라는 카드를 들어 대한민국을 흔들고, 또 대한민국이 발전해 어려움 속에서 첨단 무기와 전력을 양성하자 역할 분담이라는 명목 아래 그동안 엄청난 방위비를 지원했음에도 불구하고, 이를 뒤집어 많은 부분을 국군이 하게 만들었다.

물론 자국의 방위를 위해선 그 나라의 군대가 나서는 것이 당연한 것.

준비도 되지 않은 시기에 방위비 지원은 방위비대로 지원을 받으면서 하는 일은 적게 하려는 미국의 속셈을 군과 국방부 관계자는 모르는 이들이 없을 정도다.

하지만 대한민국은 휴전인 국가이고 아직 전쟁이 끝나지 않은 잠시 멈춘 나라다.

그리고 언제 저 승냥이 같은 놈들이 우리를 노릴지 모른다.

뿐만 아니라 그들이 없어진다고 해서 평화가 오는 것도 아니다.

대한민국은 그들 말고도 주변에 더러운 속셈을 숨기고 뒤를 노리고 있는 나라들이 한둘이 아니다.

아무튼 자국의 이익을 위해선 어떤 파렴치한 짓도 서슴치 않는 미국을 생각하면 자신이 가르친 대원들의 안위가 걱정이 되었다.

물론 자신에 대한 정보도 어느 정도 흘러갔다고 하지만 자신은 그리 걱정이 되지 않았다.

막말로 자신에게 직접 위해를 가한다면 성환은 그에 대한 적절한 보상을 해 줄 용의가 충분했다.

"내 문제라면 내가 알아서 할게. 다만 아이들은 좀 더 숨길 수 있으면 숨겨라. 아직 완성이 되려면 몇 년 더 기다려야 하니……. 그들이 완성이 된다면 주변에 알려져도 그리 두려워할 필요는 없을 거야."

최세창 중령의 이야기를 듣고 생각을 정리하던 성환은 자신보다는 S1에 관한 것만 더 신경 쓰라고 당부했다.

그러면서 아직 완성이 되지 않은 그들의 능력에 대해 조금은 알려 주며, S1이 제 궤도에 오른다면 주변국이 어떤 압력을 행사를 하던 신경 쓸 필요가 없다는 말을 하였다.

사실 성환의 말은 절대 과장된 말이 아니었다.

일개 팀의 전력이 특수부대 대대급을 능가하는 것을 감안하면 그들의 파괴력은 엄청난 것이다.

그리고 그런 부대원들의 능력이 완성된 것이 아니란 말은 그들이 더욱 발전되고 전력이 상승할 수 있다는 소리였다.

사단급 전력을 능가하는 소수 정예 부대를 가지고 있다는 것은 보다 많은 작전을 구사할 수 있는 변수를 제공한다.

특수부대는 단순 전력으로 계산할 수 없는 많은 변수를 만들어 낸다.

그렇기에 전 세계의 유수 국가들은 그런 특수부대를 극

비리에 양성을 하고 있다.

같은 특수부대지만 그 속에 어떤 비밀이 있는지 아무도 모르게 양성을 하기 때문에 객관적인 전력을 유추할 수도 없다.

"그러니 그 아이들이나 신경 써라."

"내가 그럴 수 없다는 거, 네가 더 잘 알잖아!"

최세창은 조금 전 순찰을 돌며 했던 고민에 대해 꺼내기 시작했다.

"현재 미군에서 공식적으로 널 지목해 교관 명목으로 파견해 줄 것을 요청했다."

"난 이미 군대를 나가기로 작정을 했다. 그러니 그 얘기는 못 들은 것으로 할게."

성환은 세창의 말을 듣고 바로 거절을 했다.

자신은 이미 군대에 미련을 버린 상태이기에 미군이 요청했건 아니면 군에서 자신에게 파견 명령을 내린다고 해도 그 말을 들을 생각이 없었다.

전역 신청을 한 시점에서 성환은 자신이 군인이 아니라 생각하고 있었다.

그렇지만 일단 허가가 나기까지 자신이 맡은 일만은 완수하고 전역을 하려고 낮에는 부대 내에서 복무를 하고 밤에는 외출을 하는 것이다.

물론 자신이 나가면 S1을 완성하기까지 조금 더 시일

이 걸릴 것이 분명하지만 그렇다고 그들 때문에 혼자 남은 조카를 두고 군에 남아 있을 수는 없었다.

S1은 자신이 아니더라도 그동안 배운 것만 숙련시키면 완성이 될 수준에 이르렀다.

하지만 수진은 어린 나이에 얼마 전 여자로서는 겪을 수 있는 최고의 시련을 겪었다.

또 연이어 유일한 보호자인 엄마가 눈앞에서 누군가에게 살해되는 것을 목격했다.

물론 그 범인은 자신이 잡아 복수를 하였다, 하지만.

경찰에서는 자신이 범인을 죽이고 이미 깨끗하게 처리를 했기에 아마도 그 사건은 미결로 처리가 될 것이다.

성환이 이렇게 자신은 군대에 관한 이야기를 더 이상 듣지 않겠다는 소리를 하자 세창의 표정은 더욱 굳어졌다.

정말로 자신의 앞에 있는 동기가 조금만 더 군에 남아 도움을 준다면 머지않아 대한민국이 주변국의 눈치를 보지 않고 자주 국방을 이룰 수 있을 것 같은데, 이미 군에 대한 마음이 떠난 것이 안타까웠다.

"난 이만 들어갈게, 너도 순찰 잘 돌아라."

성환은 이야기를 끝내고 이만 자신의 숙소로 들어갔다.

그런 성환의 뒷모습을 보며 세창은 조금 전 끝냈던 고민을 다시 하게 되었다.

한편 자신의 숙소로 들어가는 성환도 조금 전 세창에게 그렇게 말은 했지만 고민이 되기 시작했다.

　누나의 일로 급하게 전역 신청을 했다.

　그동안 자신이 가르치던 대원들은 누나의 부고(訃告) 소식을 듣고 머릿속이 텅 비어 미처 생각을 못했다.

　남겨진 대원들에게 조금 미안한 생각이 들기도 했지만, 아무리 그들을 아끼고 있다고 해도 그들이 세상 유일의 혈육보다 더하진 않았다.

　그래서 애써 가르칠 것은 모두 가르쳤다는 자기 변명을 하며 전역 신청을 철회하지 않았다.

　그런데 조금 전 미국에서 그들의 존재를 알고 있다는 소리를 들었을 땐 가슴이 철렁했다.

　다행이라면 아직까지 전 방위적인 압력이 들어오지 않는 것을 보면 미국이 S1의 존재에 관해 듣기는 했는데, 정확한 실체를 파악하지 못하였다는 판단을 내리게 되었다.

　S1을 그저 자신들이 운영하고 있는 데브그루나 델타포스 정도로 인식하고 있는 것 같았다.

　"잘 숨겨야 할·텐데……. 그나저나 이번에도 그 새끼들이 군의 정보를 넘긴 것일까?"

성환은 자신도 모르게 작게 혼잣말을 중얼거렸다.

대한민국 군에는 참으로 한심한 인간들이 높은 자리에 앉아 자신의 영달을 위해 그 행위가 매국 행위란 것도 모르고, 아니, 자신의 행위를 나라를 위한 것이라 자기 암시를 걸고 군의 비밀을 미국이나 일본에 흘리고 있었다.

물론 일부는 자신의 행위가 부정행위란 것을 알면서도 돈을 받고 군사비밀을 넘기기도 한다.

하지만 대부분이 자신의 행동이 모두 국익을 위한 행동이라고 생각하며 그 일을 한다.

또 일부에서는 아무런 인식 없이 그냥 자기 위치를 주변인들에게 인식시키기 위해 자랑삼아 사석에서 떠벌리기도 한다.

하지만 이들 중 성환이 언급하는 인물들은 아주 악질적인 이들로, 입으로는 국가를 위한다는 명목으로 미국을 맹신하는 이들이다.

자신의 조국이 어디며, 자신이 있는 곳이 어디란 것을 망각하고 대한민국의 국익을 위한 행동보다는 미국의 미군의 이익을 위해 전면에 나서는 이들이다.

아이러니하게도 이런 이들은 모두 군부 내에 높은 자리에 포진하고 있었다.

12년 전에는 이런 이들로 인해 목숨의 위협을 받은 것은 물론이고, 작전에 투입된 부하들 모두를 잃었다.

자국의 군인을 미끼로 던져 주고 미군의 작전을 돕는 한심한 아니, 매국노와 같은 파렴치한들을 생각하니 성환은 다시 화가 났다.

"언젠가 그놈들도 쓸어버리려 했는데, 조만간 전역을 하면 그건 못하겠군."

부하들을 잃고 방황하다 나중에 자신과 부하들이 북한군에 쫓기게 된 원인이 그런 자들이 정보를 흘려서 그런 것이란 사실을 알았을 땐 정말로 찾아가 모두 쏴 죽이고 싶은 심정이었다.

하지만 계급이 깡패라 했던가. 그들의 주변으로 접근할 수가 없었다.

당시 성환의 계급은 겨우 대위 계급이었기 때문이다.

아무튼 성환은 당시 생각이 나자 화가 나긴 했지만 이젠 그것도 자신과 상관이 없는 문제라 생각했다.

군의 일은 남은 사람들이 처리할 것이고, 자신은 전역을 하면 복수를 마치고 조카 수진만을 위해 살 계획이다.

큰 사고와 사건을 겪었으면서도 의연한 모습을 보이고 있는 조카의 모습을 보며 성환은 그런 수진이 짠했다.

겨우 17살의 미성년이면서도 주변 사람들이 힘들어 할까 걱정을 하는 아이.

아픈 만큼 성숙해진다고 하지만 나이에 맞지 않게 너무 커 버린 조카의 모습을 보는 것이 성환에게 그리 좋게 보이지도 않았다.

어려서부터 꿈인 연예인의 꿈도 잠시 접고 안정을 취하고 있는 조카의 꿈을 이뤄 주기 위해서 누나도 없는데 자신이라도 그런 조카를 뒷바라지해야 한다.

누나가 자신을 위해 희생을 했던 것처럼 말이다.

◈   ◈   ◈

"혁수는 좀 어떠냐?"

김한수는 집에 들어서면서 거실에 앉아 있는 아들을 보며 물었다.

보름 전에 친구들과 재판의 결과를 보고 축하를 하려고 나갔던 손자가 이상하다는 전화를 받고 얼마나 놀랐던가?

장차 김씨 집안의 대를 이을 장손이 원인 불명의 병에 걸렸다.

검사 결과 아무런 이상이 없다고 나왔지만 정작 손자는 작은 충격에도 극심한 고통을 호소하고 있었다.

그 때문에 김한수는 그런 손자의 걱정으로 일을 제대로 할 수가 없었다.

"아버지 오셨어요, 아무런…… 차도가 없습니다."

"홍 박사는 뭐라고 하던?"

"홍 박사님도 아직 별말 없습니다."

혹시나 싶어 주치의인 홍 박사에 대해 물었지만 들려온 답은 묻지 안 하느니만 못했다.

"아니, 우리나라 최고라는 자들이 그까짓 병명 하나 알아내지 못하고…… 에잉!"

혁수의 병명을 아직도 알아내지 못한 홍학표 박사를 비롯한 국내 최고 권위의 의사들에 대해 싸잡아 비난을 했다.

벌써 며칠째 아무런 병명도 모르는 상태에서 치료도 못하고 손 놓고 그저 손자의 고통에 찬 비명을 들어야 하는지, 이것은 산 것도 산 것이 아니었다.

하지만 이들은 이 모든 것이 자신들이 벌인 죄에 대한 벌을 받고 있다는 것을 모르고 있었다.

그저 원인을 모르니 자신의 피붙이가 고통을 받는 것에 대한 분노만이 끓어오르는 것이다.

◈　　◈　　◈

김한수 의원의 집에서 그렇게 김혁수의 병에 관해 고심을 하고 있을 때, 강남을 지배하는 진원파의 두목인 이진원이 있는 진원 빌딩 8층.

그의 사무실에서도 큰소리가 들리고 있었다.

퍽! 퍽!

"이 새끼들아 어느 놈이야!"

감히 강남의 지배자인 이진원의 사무실에서 한 남자가 건방지게 와이셔츠의 단추 2개를 풀고, 소매를 팔뚝 위까지 걷어 올리고 한 손에는 야구방망이를 든 채 바닥을 보며 소리쳤다.

그런데 그 사람 주변으로 몇 명의 사내들이 보이긴 했지만, 그 사람을 말리려고 하는 사람은 아무도 없었다.

아니 바닥에 쓰러진 자들을 노려보며 더욱 살벌한 분위기를 내고 있었다.

"정말 모릅니다."

"아니, 이 새끼가!"

남자의 협박에 그에게 폭행을 당한 남자가 가까스로 대답을 했지만 그는 그 대답이 마음에 들지 않았는지 인상을 쓰며 들고 있던 야구방망이를 다시 휘둘렀다.

다시 실내에 흉험한 분위기가 연출이 되고 폭행을 당하던 사내들은 하나둘 매에 못 이겨 기절을 했다.

그러자 그 남자는 주변에 있던 사내들에게 소리쳤다.

"깨워!"

남자의 지시에 한쪽에 대기하던 검은 양복의 남자가 바닥에 있던 양동이를 들고 다가와 바닥에 쓰러진 남자들을 향해 물을 부었다.

그리고 보니 사무실 바닥은 벌써 몇 차례 이런 일을 반복했는지 바닥이 핏물과 양동이에서 쏟아진 물로 흥건하게 젖어 있었다.

기절했던 사내들은 차가운 물이 얼굴을 때리자 정신이 드는지 작은 신음을 내며 깨어났다.

"회장님, 정말로 저희는 아무것도 모릅니다. 감시 카메라의 녹화 테이프도 보여 드리지 않았습니까? 제발 살려 주십시오, 회장님!"

남자는 야구방망이를 들고 있는 남자의 바짓가랑이를 붙들고 애원을 했다.

정말이지 억울하기 그지없었다.

영업시간이 끝났는데도 나오지 않는 이세환과 그의 친구들에게 끝났다는 것을 알리기 위해 그들이 놀고 있는 룸으로 들어갔다.

처음 자신들이 목격한 것은 룸 안에 있는 사람들이 모두 벌거벗은 알몸들이었고, 또 몇몇은 마약을 하고 성교를 했는지 바닥에 그 흔적들이 보였다.

눈치 빠른 웨이터들은 얼른 룸으로 들어가 마약의 흔적들을 치우기 시작했다.

괜히 마약 파티를 한 흔적을 남겨 두었다가 단속반이라도 들이닥친다면 빼도 박도 못하기 때문이다.

이들이야 어차피 빵빵해 이리저리 빠져나오겠지만, 가게는 영업 정지를 맞을 것이 분명했다.

그러니 얼른 흔적을 지우고 또 이들을 호텔이라도 넣어 둬야 안심이 되었다.

이들을 얼른 내보내야 자신들도 쉬고 저녁에 다시 영업을 하지 않겠는가?

그런데 일이 잘못되었는지 쓰러진 이들을 부축을 해 예약해 둔 호텔로 보내려 하니 기절했던 남자들이 비명을 지르며 깨어난 것이다.

그러면서 갑자기 엄청난 비명과 함께 고통을 호소했다.

처음에는 그들이 쇼를 하는 줄 알 정도였다.

그래서 어쩔 수 없이 대충 치운 룸 쇼파에 앉혀 두고 이들의 집에 전화를 보냈었다.

그런데 어째서 지금에 와서 자신들에게 이런 일이 벌어지는지 알 수가 없었다.

자신들은 최대한 자신들이 할 수 있는 일을 했을 뿐인데, 정작 선의가 폭력이 되어 돌아오느 정말이지 너무나 억울했다.

솔직히 이들을 폭행하고 있는 이진원도 자신의 아들이 그런 이상한 증상을 보이는 것에 이들이 관여했다는 증거를 파악한 것은 아니다.

아니, 술집의 웨이터나 지배인이 알 정도라면 자신이 불렀던 의사들은 진즉에 아들이 고통을 호소하는 원인을 발견했을 것이다.

즉 이진원은 원인을 알 수 없어 쌓인 스트레스를 풀기
위해 억지를 부리고 있는 것뿐이었다.

이렇게라도 하지 않으면 정말로 사고를 칠 것 같아 이
렇게 당시 술집의 웨이터들을 불러다 당시 어떤 일이 있
었는지 묻고 대답이 시원치 않을시 폭행을 하며 조금이나
마 자신의 마음을 진정시키는 중이다.

5.
사일런트 원

숲이 우거진 산.

수도 서울에 이런 울창한 숲이 있다는 것이 믿기지 않을 정도로 나무들이 빽빽이 들어차 있었다.

성환은 아침이 되자 이 숲을 찾아왔다.

성환이 이곳을 찾은 것은 그저 운동을 하기 위해 찾은 것이 아니라, 그가 지도를 해야 할 대원들이 이곳에 있기 때문이다.

비밀에 묻혀 있는 국군 정보사령부의 대원들 중에서도 존재가 극비로 분류되는 이들이 모여 있는 곳.

S1(사일런트 원)이 훈련을 받고 있는 곳이 바로 이 숲 깊은 곳에 자리하고 있다.

숲으로 들어간 성환은 계곡을 따라 더욱 깊숙이 들어갔다.

그리고 10분 쯤 들어가자 위장막이 쳐 있는 곳에 도착을 했다.

위장막 안에는 경계 초소가 있었고, 그 안에 군인 두 명이 경계를 하고 있었다.

"충성!"

"충성!"

경계를 하던 이들은 성환의 얼굴을 알아보고 한쪽으로 비켜섰다.

그리고 그런 경계병을 지나 성환은 목에 걸고 있던 패찰을 기계에 투입했다.

대원들이 있는 곳은 이곳을 통해서만 들어갈 수 있는 비밀 장소에 훈련장이 마련되어 있기에 이렇게 복잡한 절차를 거쳐 훈련장으로 입장할 수가 있었다.

성환의 신분 확인이 끝나자 굳게 닫혀 있던 문이 열리고 딱 한 사람 들어갈 수 있는 조금만 공간이 만들어지자 성큼 그 안으로 들어갔다.

성환이 안으로 들어가고 나자 곧 바로 언제 그곳에 틈이 있었냐는 듯 바위로 위장된 문이 굳게 닫혔다.

그렇다.

성환이 가르치는 특수부대원들은 모두 산의 내부에 설

치된 훈련장에서 훈련을 받고 있어 외부에 노출이 되지 않고 비밀을 유지하고 있는 것이다.

군에서 이렇게까지 비밀로 특수부대를 마련해 훈련을 시키는 것은 혹시나 모를 위기에 대처를 하기 위해서다.

안으로 들어선 성환은 잠시 눈이 어둠에 익숙해지길 기다렸다 안으로 난 복도를 따라 걸었다.

복도에 조명이 있긴 했지만 드문드문 있어 그리 밝지가 않았다.

그런데 군에서 예산이 없어 복도의 조명을 이렇게 낮게 해 놓은 것은 아니었다.

아니, 일부러 조명을 어둡게 했다는 것이 맞을 것이다.

혹시라도 이 안에 있는 부대의 비밀이 외부에 알려졌을 시를 대비해 만약 이곳에 외부의 침투가 있을 때, 낮이라면 순간적으로 내부와 외부의 일조(日照) 차이로 시력을 잠시 차단하기 위해서다.

특수부대 간 전투에서 이 약간의 시력 차단은 정반대의 상황을 만들 수도 있기 때문에 무척이나 중요하다.

아무튼 낮에는 낮은 조도(照度) 때문에 안으로 침투한 이들의 시력이 잠시 마비가 될 것이고, 반대로 밤에 침투했을 때는, 야시경(夜視鏡)을 착용한 침투자들에게 이 낮은 조명도 강렬한 빛으로 그들의 시야를 가릴 것이 분명했기 때문에 이곳을 설계한 이들은 이 모든 것을 감안해 이곳을 설계했다.

이렇듯 심혈을 기울인 복도를 지나 얼마를 걸었을까?

성환은 산 내부에 있는 복도를 따라 걸으면서 몇 차례의 갈림길을 순서에 맞게 돌아 정해진 장소에 도착을 했다.

성환이 도착한 장소는 체육과 시설과 비슷한 장소로 100평이 넘는 넓은 공간이다.

그곳에는 단 12명의 남자들이 오와 열을 맞춰 앉아 명상을 하고 있었다.

이는 성환이 시킨 것으로 모든 일과의 시작을 이렇게 명상으로 시작을 하게 했다.

이들은 교관인 성환이 오기 전 명상으로 자신의 마음을 다스리고 있다.

잠시 이들의 명상하는 모습을 지켜보던 성환은 자신도 한쪽으로 가 자리에 앉아 명상을 시작했다.

아무리 자신이 백두산에서 기연을 만나 익힌 뇌정신공을 완성했다고 하지만, 그렇다고 명상을 빼먹지는 않았다.

물론 굳이 명상을 하지 않아도 되기는 하지만 하는 것이 요즘 복잡한 심정을 보다 차분하게 만들고 그와 별개로 이들을 가르치는 것에 전념할 수 있기 때문이다.

성환은 철저하게 낮의 일과 시간과 저녁의 자유시간을 구별하고 있었다.

아직 전역 신청이 통과된 것이 아니기에 일단 자신이 군대를 나가는 때까지는 철저하게 맡은 바 임무를 다할 생각이다.

그러니 일과 시간과 일과 후 시간을 구별하려는 것이다.

일과 후 시간은 자신의 개인 시간이기에 그 시간을 이용해 누나의 죽음과 관련된 자들을 추적하고 복수를 하는 중이다.

누나를 죽인 범인과 그 일과 관련된 자 중 한 명을 처리했다.

어제까지만 해도 최만수를 처리한 것에 조금 꺼림칙한 점이 없잖아 있었지만, 지금 차분히 명상을 하면서 그런 마음을 다스렸다.

한참을 명상하고 눈을 뜨자 자신을 지켜보고 있는 대원들이 보였다.

"오늘은 어제 말한 대로 팀을 나눠 대항전을 펼칠 것이다."

성환은 어제 일과를 마칠 때, 이들에게 오늘 1팀과 2팀의 평가전을 한다는 말을 했었다.

얼마 뒤면 자신은 군을 나서게 되었기에 이들에 대한 최종 점검을 겸한 훈련이었다.

성환의 지시가 떨어지자 앞에 있던 군인들이 각자 자신

의 팀과 헤쳐 모였다.

겨우 여섯 명, 두 팀이지만 그들의 기세는 특전사 부대 전체의 기세보다 더 웅대했다.

그런데 이들은 특이하게 교관인 성환의 지시가 있는데도 아무런 소리를 내지 않고 침묵으로 일관하고 있었다.

그런 대원들의 모습을 보면서 성환도 별말 없이 지시를 내리는 모습이 여타 다른 군부대와 달랐다.

하지만 그렇다고 이들의 군기가 흐트러진 것이 아니란 것을 느낄 수 있는 것은 이들의 눈빛을 보면 알 수가 있었다.

벙어리들로 만든 부대마냥 아주 작은 소음만 들릴 뿐 자세히 듣지 않으면 이들이 움직인 것도 알지 못할 정도로 극히 작은 소음만이 체육관에 울렸다.

이들이 정렬을 하자 성환은 이들을 인도해 또 다른 장소로 이동을 했다.

◈　　◈　　◈

이들이 도착한 곳은 산의 내부를 깎아 만든 곳이라고 하지만 의외로 무척이나 넓었다.

사일런트 원은 극도로 보안을 유지해 만든 부대라 외부에서 야외 훈련을 하지 못한다.

이들이 도착한 곳은 어떤 건물의 실내를 그대로 옮겨 놓은 세트였다.

위는 투명한 아크릴로 막혀 있어 위에서 안에 있는 사람들의 모습을 지켜볼 수 있게 되어 있었다.

"1팀은 동쪽의 문을 통해 들어가고, 2팀은 서쪽의 문을 통해 들어간다."

성환의 지시가 떨어지자 그들은 또 말없이 이동을 했다.

무척이나 과묵한 모습들을 보이는 이들이 각자 움직여 지시한 곳으로 이동을 하였다.

성환은 위에서 이들의 모습을 내려다보며 마이크를 대고 지시를 내렸다.

"시간은 10분, 자유 대련이다. 규칙은 하나. 10분간 생존자가 많은 곳이 이기는 것이다."

성환이 밑을 내려다보니 각자 자신들의 팀원들끼리 수화(手話)를 통해 작전을 짜는 것이 보였다.

대원들이 작전을 진행하는 것을 지켜보던 성환은 무엇을 보았는지 고개를 끄덕이며 입가에는 만족한 미소를 지었다.

❖　　❖　　❖

계룡대 육군본부의 한곳에서 몇몇의 장성들이 모여 심각한 대화를 나누고 있었다.

"황 장군. 그래, 정성환 대령과는 이야기를 해 보았나?"

"예, 이야기는 해 보았지만 이미 마음이 굳힌 상태였습니다."

"아니, 자네가 가서 이야기를 했는데도 마음을 돌리지 않고 예편을 하겠다고 하던가?"

육군 참모총장인 이기섭 장군은 전역 신청을 한 성환을 어떻게든 막아 보기 위해 한때 그의 상관이던 황현희 장군을 보내 이야기를 해 보게 하였다.

하지만 이내 어두운 황현희 장군의 모습에 일이 잘 되지 못했다는 것을 알 수 있었다.

"음, 그나저나 최세창 중령이 의논하고 싶다는 이야기는 뭔가?"

"그건 아무래도 S1에 관한 문제 같습니다."

이기섭 장군의 물음에 황현희 장군은 바로 답변을 했다.

S1의 문제라는 황장군의 말에 이기섭 총장은 의아한 표정을 지었다.

"그들에게 무슨 문제라도 있나?"

이기섭 장군이 이렇게 심각하게 묻는 것은 참모부에서 반대하던 것을 아무도 모르게 자신의 직권으로 비밀리에 진행하고 있는 프로젝트이기 때문이었다.

그러니 뭔가 문제가 생긴다면 자신에게도 상당한 타격으로 다가올 것도 문제지만 이기섭 총장이 가장 걱정하는 것은 전군 중에서 최고만을 엄선해 양성한 그들에게 어떤 이상이라도 생기는 것이었다.

막말로 그동안 들어간 비용을 생각하면 특수부대 하나를 양성할 수 있는 예산이 비밀리에 투입이 되었다.

더욱이 이들은 어디에도 알려지지 않았기에 정말로 필요한 곳에 아무도 모르게 투입을 할 수 있는 비장의 카드였다.

소말리아 해적들에게 납치되었던 자국의 상선과 인질을 구출하는데, 미군에 의지하지 않고 적은 비용으로 구출할 수도 있게 되었다.

지금 그들에게 어떤 문제가 있기에 자신들을 부른 것인지 걱정이 되었다.

이기섭 총장과 황현희 장군이 이야기를 하고 있을 때, 이들이 있는 방에 노크하는 소리를 들었다.

똑똑!

"들어와!"

이기섭 총장의 대답에 방문이 열리고 최세창 중령이 들어왔다.

원래는 서울에 있는 정보사령부에 있어야 할 최세창 대

령이 계룡대까지 내려온 것은 성환의 문제로 의논을 해야
했기 때문이다.

"충성!"

"그래, 우리를 보자고 한 이유가 뭔가?"

뭔가 다급한 생각에 이기섭 총장은 급하게 용건을 물었
다.

그런 이기섭 총장의 모습에 최세창 중령은 차분하게 대
답을 했다.

"면담을 요청한 이유는 긴급하게 보고드릴 상황이 발생
해, 이렇게 참모총장님을 뵙자고 한 것입니다."

최세창 중령의 말에 이기섭 총장은 인상을 찌푸릴 수밖
에 없었다.

군대란 엄연히 지휘 체계가 엄격한 것인데, 일개 정보
사령부 중령이 자신의 상관이 아닌 전군 총참모장인 자신
을 찾아, 보고를 한다는 것은 있을 수 없는 일이었다.

탕!

"이게 무슨 말도 되지 않는 말인가? 감히 일개 중령이
군의 기강을 흩트리려는 것인가?"

이기섭 총장의 호통에 최세창 중령은 별다른 표정 변화
없이 대답을 하였다.

자신이 참모총장인 이기섭 장군을 찾을 수밖에 없었던
이유를 말한 것이다.

"제가 보고드릴 사항은 정보사령부가 관여할 사항이 아니기에 이렇게 참모총장님을 직접 뵙고 보고를 드리는 것입니다."

최세창 중령의 차분한 말에 옆에 있던 황현희 장군이 얼른 흥분한 이기섭 총장을 진정시켰다.

"총장님, 최세창 중령이 설마 그런 의도로 그렇겠습니까? 뭔가 특별한 이유가 있기에 면담을 요청한 것이겠지요."

"음, 말해 보게!"

황현희 장군의 말이 통했는지, 아니면 정보사령부 관할이 아니란 말 때문인지 이기섭 총장은 조금 전 흥분했던 마음을 가라앉히며 말을 했다.

그러자 최세창 중령은 그제야 자신의 이기섭 총장에게 보고를 할 내용에 관해 이야기를 꺼냈다.

"제가 말씀드릴 사항은 바로, 정성환 대령에 관한 사항입니다."

"정성환 대령? 정 대령이 왜?"

"그것이……."

최세창 중령이 성환에 관한 이야기를 꺼내자 이기섭 총장이나 황현희 장군 모두 관심을 보였다.

그런 두사람의 반응에 최세창은 그동안 성환이 보였던 행동에 관해 보고를 했다.

"정성환 대령은 그동안 전역 신청을 한 뒤 밤에 외출을 하기 시작했습니다."

"외출? 그게 어때서 내게 보고를 하는 것인가?"

"그거 그렇지 않습니다. 이는 무척이나 심각한 문제입니다."

최세창은 성환이 밤에 밖으로 나가 하는 일에 관해 간략하게 보고를 했다.

너무도 은밀하게 움직이고 또 그 움직임이 너무나 신출귀몰하여 아무리 단련된 정보사령부의 대원이라고 해도 성환의 움직임을 모두 파악하지 못하고 어느 시점에서 흔적을 놓치기 일쑤였다.

하지만 그런 보고를 받은 세창은 성환을 놓친 곳 주변에 대한 수소문을 한 끝에 공통점이 있다는 것을 깨닫게 되었다.

육사생도 시절부터 뛰어난 머리로 정보 분석에 관해선 타의 추종을 불허하는 관계로 진즉에 정보사령부로 발령이 예상되었던 최세창.

그렇기에 성환에 대한 짧은 정보도 세창에게는 그 다음의 행동이 유추가 되었다.

"정 대령이 현재 밤마다 외출을 하는 이유가 복수를 하기 위해서인 것 같습니다."

최세창 중령의 이야기를 듣던 이기섭 총장과 황현희 장

군은 깜짝 놀랐다.

현역 군인이 복수를 위해 외출을 하고 있다는 소리에 깜짝 놀랄 수밖에 없었다.

이들은 한 번도 이런 문제에 관해선 생각치 못하고 있었다.

"그게 무슨 소린가? 복수라니?"

"그게 어떻게 된 일인가 하면은……."

최세창은 처음 일이 발생된 시점에서부터 현재에 이르기까지 모든 것을 보고를 하였다.

처음 성환의 조카가 실종된 일, 그리고 자신에게 긴급하게 도움을 요청한 것이며, 조카가 실종되었을 때 벌어진 사건과 그 후 사회를 떠들썩하게 만들었던 내용도 말했다.

"아니, 그럼 얼마 전 그 일이 정 대령의 조카에게 벌어졌던 일이란 말인가?"

황현희 장군은 뭔가 아는 것이 있어 질문을 했다.

그도 그럴 것이 당시 대한민국을 뒤흔든 연예계의 어두운 그림자에 관해 재판이 얼마나 떠들썩했던가?

더욱이 그 당시 수사를 진행하던 담당 검사가 바로 그의 딸이지 않은가?

그런 관계로 바쁜 와중에도 간간이 그 일에 관해 듣기도 했다.

그런데 피해자 중 한 명이 성환과 관계가 있었다는 것을 이제야 알게 되자 황현희 장군은 눈을 동그랗게 뜨며 놀랐다.

"자네도 알고 있는 일인가?"

"아닙니다. 그저 그 사건에 대해 조금 알고 있을 뿐입니다. 다만 지금 최 중령에게 듣고서 그 사건의 피해자 중에 정 대령의 조카가 있다는 것을 알게 되었습니다."

"참! 당시 사건 담당 검사가 황 장군님의 따님이셨죠?"

최세창 중령의 말에 황현희 장군은 조용히 고개를 끄덕였다.

당시 자신의 딸이 자신을 찾아와 정성환 대령을 찾은 것에 의아했는데 그런 이유가 있어서 그런 것을 이제야 깨달았다.

딸도 피해자의 인적 사항을 조사하다가 정성환 대령에 관해 알게 되어 근황을 물은 것이다.

"그래, 당시 딸이 정 대령에 관해 물어와 알게 되었네."

당시의 사건에 관해 잠시 이야기를 하던 중 이기섭 총장은 일단 그 이야기를 중단하고 성환이 그 일과 관련돼 어떤 일을 하고 있는지 물었다.

"그래서 정 대령이 일과를 마치고 외출해 어떤 일을 한다는 말인가?"

다시 본론으로 들어와 진지하게 이야기를 하려는 이기섭 총장의 물음에 최세창도 다시 진지하게 이야기를 시작했다.

"혹시나 하는 생각에 당시 사건과 관련된 자들을 조사하던 중 이상한 점을 발견했습니다."

"이상한 점?"

"예, 당시 재판에서 무혐의 판결을 받고 풀려난 이들이 하나같이 원인 불명의 고통을 호소하고 있다고 합니다."

"원인 불명의 고통?"

"예, 그렇습니다. 대한민국의 저명한 의학 박사들도 원인을 알 수가 없다고 합니다."

"어떻게 그럴 수 있지?"

"그건 저도 알 수가 없습니다. 정밀 검사 결과 신체에는 아무런 이상이 없다고 합니다."

최세창은 자신이 알고 있는 것을 두 사람에게 모두 보고를 했다.

병원의 의사들도 아무리 정밀 검사를 해도 이상한 곳이 하나도 없어 난감해 하고 있었다.

신경계에 이상이 있는 것도 아니었다.

그저 조금 민감할 뿐 다른 이상은 발견되지 않았다.

그렇다고 무슨 세균이나 바이러스에 감염이 된 것도 아니다.

당시 함께 있던 사람들 중 술집에서 부킹을 했던 여자들에게선 어떤 증상도 나오지 않았다.

그저 다량의 마약 성분 양성 반응이 나와 그들이 마약 파티를 하고 집단 난교 후, 뭔가 이상이 발생했다고만 생각했다.

하지만 그런 것도 발병한 사람들의 뒤 배경이 배경이다 보니 그런 내용은 묻히고 그저 원인 불명의 병만 얻었다는 소문만 떠돌고 있었다.

물론 공공연하게 퍼진 소문도 아니고, 출처가 어딘지는 모르지만 아무튼 그런 소문이 강남에 퍼져 일부에선 천벌을 받은 것이란 말까지 나오고 있었다.

그동안 그들 네 명이 벌인 짓이 하도 개차반이라 앞에서는 그들의 배경 때문에 아무 말 못했지만 뒤에서 그렇게들 떠들었다.

아무튼 최세창의 보고에 이기섭 총장이나 황현희 장군은 고개를 갸웃거렸다.

세창의 보고를 듣다 조금 이상한 생각이 들었다.

"혹시 그 일도 정 대령과 관련이 있는 건가?"

이기섭 총장의 질문에 최세창은 잠시 뜸을 들이다 대답을 했다.

"제가 생각하기에는 그가 그런 것 같습니다."

"그런 것 같다니? 정말 그렇게 생각하나?"

"예, 사실 정성환 대령이 S1을 훈련시키는 것을 보면 보통 사람들이 생각하는 그 이상의 뭔가가 있는 것으로 판단이 됩니다."

"자네는 정 대령에게 뭔가 비밀이 있다고 말하는 것인가?"

"예, 그렇습니다."

"음……."

최세창 중령의 대답에 이기섭 총장은 뭔가 고심을 하는 듯 인상을 찌푸렸다.

확실히 자신이 생각하기에도 정성환 대령은 일반인들이 생각하는 것보다 뛰어났다.

그저 단순히 뛰어난 것이 아니라 상상 그 이상의 능력을 보이고 있었다.

사람들이 이 정도라고 생각을 하면 어느새 그보다 더 대단한 능력을 보여 불가능하다 생각하는 일을 혼자 해결을 했다.

또 정보사령부 산하 특수부대 중 극비로 양성 중인 S1도 그렇다.

그들은 일반적인 군인들과 비교를 하면 무척이나 특이했다.

작전에 임하는 그들의 움직임이 여타 특수부대들의 움직임과 여실히 달랐는데, 그것을 뭐라 확실히 꼬집긴 뭐

하지만 아무튼 너무도 이상했다.

예전 평가전을 가질 때 그들의 움직임은 부대 이름에 걸맞게 무척이나 조용하고 은밀했다.

휴지에 물이 스며들 듯, 너무도 자연스럽게 적이 경계하는 지역을 자연스럽게 스며들어 목적을 이루고 빠져나가는 그들의 움직임을 보노라면 전율(戰慄)이 일었다.

만약 저런 부대가 자신이 있는 곳으로 침투를 한다면 과연 막을 수 있을지 상상만 해도 걱정이 되었다.

하지만 다행히 그들이 자신이 있는 대한민국의 군인이라는 것에 마음 한쪽에서는 자부심이 일었다.

그런 점을 생각했을 때, 어쩌면 정성환 대령은 자신들이 알고 있는 것보다 더 대단한 능력을 가지고 있을 것이 빤했다.

지금에 와서 생각해 보면 그의 행동 하나하나가 예사롭지 않았다.

"저희가 알지 못하는 능력으로 조카에게 닥친 불행의 원인을 제공한 그들을 직접 응징을 했다고 판단하고 있습니다. 그리고 이번에 전역을 신청한 원인도 그와 관련된 것이란 정황이 파악되었습니다."

"그건 또 무슨 소린가?"

이기섭 총장은 최세창 중령이 성환이 전역의 이유가 사건과 연관 있다는 말에 이번에는 또 무슨 소린지 의아해 물었다.

그런 총장의 말에 최세창은 그동안 자신이 파악한 정보를 그대로 말했다.

"아무래도 관련자들이 나서서 재판이 벌어질 당시 자신들에게 불리한 증언을 한 정성환 대령의 조카와 그의 누나에 관해 보복을 한 것으로 보입니다. 그리고 정성환 대령은 누나의 죽음이 그들이 청부를 해 그리 되었다고 생각하고 있는 듯합니다."

"증거가 있나?"

"증거는 없습니다. 다만 정성환 대령이 자주 가는 동선에 당시 사건의 당사자 중 한 명인 최종혁의 아버지가 운영하는 호텔이 포함이 되어 있습니다, 그리고……"

최세창은 성환이 전에 최만수의 행방을 알기 위해 샹그릴라 호텔에 들린 것에 관해 이야기를 하였다.

아직까지 최세창은 만수파 두목인 최만수가 진즉에 성환의 손에 죽었다는 것을 알지 못하고 있었다.

이는 성환이 최만수를 죽이기 위해 어디에도 들키지 않기 위해 자신의 능력을 최대로 사용을 했기 때문에 발견하지 못한 것이다.

아니, 그 이전에 이미 자신을 미행하는 정보사 대원들의 움직임을 파악하고 그들을 사전에 떼어 놓았기에 성환이 어디서 뭘 하는지 정보사 대원들은 알지 못했다.

그 때문에 최세창도 그들에게 어떤 보고를 받을 것이 없어, 지금 이렇게 성환이 최만수나 이진원 등등 당시 사건의 배후에 있는 이들에게 복수를 계획하고 있는 것만 파악하고는 보고를 하는 것이다.

최세창은 이미 성환이 어느 정도 복수를 진행하고 있을지도 모른다는 짐작은 하지만 이 자리에서 증거도 없이 그런 이야기를 해 분란을 일으킬 생각은 없었다.

세창이 오늘 이기섭 총장을 만나 보고를 하는 이유는 다른 게 아니었다.

자신이 생각하기에 이 암담한 대한민국을 변화시킬 유일한 사람이라 판단되는 자신의 동기를 구원하고 싶기 때문이다.

아직까지 자신의 힘이나 성환의 힘으로는 현실을 타파하기 부족하다 느끼고, 조금 더 자신이나 성환이 성장해 대한민국을 변화시켰으면 하는 바람이다.

그렇기에 억지로 S1이란 특수부대를 정보사령부 산하에 만들 것을 기획했고, 그들을 교육할 교관으로 성환을 추천했다.

능력은 있지만 당시 방황하고 있던 성환을 다잡기 위해 무리하게 일을 추진했다.

다행히 성환의 능력을 알고 있던 몇몇 장군들에 의해 프로젝트가 진행이 되게 되었다.

그리고 그 프로젝트는 성공적으로 진행이 되고 있다.

하지만 지금 그것 자체에 큰 위기가 닥쳤다.

프로젝트의 가장 중요한 핵심인 성환이 군을 나가려고 하고 있기 때문이다.

막아도 보려 했지만 이미 마음을 굳힌 상태라 막을 수가 없었다.

최세창은 그를 알기에 최선이 아니면 차선책을 생각해야만 했다.

그래서 이렇게 전군 최고 지휘관인 참모총장인 이기섭 총장을 찾아온 것이다.

한참을 이야기하던 그들은 이미 마음이 굳어진 성환의 마음을 돌릴 수가 없다는 결론을 얻었다.

그리고 그리 된다면 현재 진행되고 있는 S1 프로젝트는 중도에 포기를 해야 한다는 결론에 달았다.

결국 처음 이기섭 총장이나 황현희 장군이 걱정하던 결론에 이르렀다.

그렇게 두 사람의 표정이 심각해지는 것을 본 최세창은 자신이 이곳에 온 목적을 이제야 꺼냈다.

"사실 S1 프로젝트는 정성환 대령이 없으면 진행이 되지 않습니다. 그래서 최선을 다해 그를 설득해 보았지만 이미 그는 군에서 마음이 멀어진 상태입니다."

최세창은 마치 웅변이라도 하듯 진지하게 두 사람에게

호소하듯 말을 하였다.

"이번 일도 자신의 권력만 믿고 사회를 흐리는 몇몇 종자들이 벌인 일 때문에 벌어진 일입니다."

"......?"

최세창이 하는 말을 이해 못한 이기섭 총장이나 황현희 장군은 그저 세창의 말을 듣고 있을 수밖에 없었다.

"그 일의 배경에 여당의 김한수 의원과 그의 아들인 김병두 의원이 있습니다."

세창의 이야기를 듣고 있던 이기섭 총장은 김한수 의원이란 말이 나오자 눈이 차가워졌다.

사사건건 군의 일에 관여를 하려고 하는 부패한 국회의원이었다.

자신의 본분을 망각하고 국방 관련 문제에 끼어들어 사익을 취하는 그를 보고 있을 때마다 총을 쏴 버리고 싶은 충동을 느낀 때가 한두 번이 아니었다.

그런데 그 이름을 이 자리에서 듣게 되자 눈을 동그랗게 떴다.

"그가 무슨 이유로?"

"그건 저희 정보사령부에서 파악하기를 그는 현재 자신의 아들을 국회의원으로 만든 것에 그치지 않고 장차 자신의 손자인 김학수까지 국회의원으로 만들 계획을 가지고 있는 것 같습니다."

"그게 무슨 말이지? 아니, 국회의원을 지들 마음대로 만든다고?"

"그게 가능한 일인가?"

세창은 김한수 의원이 현재 벌이고 있는 일이나, 주변 의원들을 모아 활동하는 모습들을 분석한 결과를 알리고 이대로 있다가는 조국의 미래가 어둡다는 자신의 소견을 밝혔다.

그리고 이대로 정치인들을 놔두다가는 다시 한 번 구한 말의 치욕을 다시 겪을 수도 있다는 주장을 했다.

최세창은 그렇게 분위기를 고조시켜 이기섭 총장과 황현희 장군이 자신의 말에 어느 정도 넘어온 것 같자, 자신이 생각한 것들을 풀어 놓았다.

◈　　　◈　　　◈

"오늘은 이것으로 훈련을 마치겠다."

성환은 다섯 번의 평가전을 끝내고 대원들을 모아 평가전에 대한 S1 대원들의 보완해야 할 점에 대하여 알려 주고 일과를 마쳤다.

물론 지금 시각은 보통 군인들의 일과 시간에 비하면 한참이나 이른 시각이지만 S1만의 훈련 프로그램에는 모든 일과가 끝나고 남은 시간은 대원 각자 개인 정비 시간이다.

그렇기에 일과의 종료를 알리고 돌아서려던 성환 그런데 그런 성환을 불러 세우는 사람이 있었다.

"교관님!"

"무슨 일인가?"

"정말로 전역하시는 것입니까?"

"그 이야기라면 전에 다 하지 않았나."

조금은 냉정한 성환의 말.

하지만 그래도 그런 성환의 말에 물러나지 않고 질문을 한 재환은 재차 물었다.

"그럼 저희들은 어떻게 되는 것입니까?"

재환은 자신들 S1 대원들의 미래에 관해 질문했다.

그런 재환의 물음에 성환은 잠시 말을 멈추고 자신을 주시하고 있는 S1 대원들을 보았다.

그런데 성환이 본 S1 대원들의 눈이 뭔가 굳은 결의를 한 것처럼 보였다.

하지만 그렇다고 자신의 마음이 흔들리지 않았다.

이들과 뭔가 통하는 것이 있어 자신이 알고 있는 것을 가르치기는 했지만 하나뿐인 조카와 비교할 수는 없었다.

아무리 혈육과 같은 정이 있다고 하지만, 그 말은 그저 그 정도로 가깝고 고민을 주고받을 수 있는 사이라는 것이지 진정으로 핏줄과 같다는 말은 아니다.

"너희도 대충 들어 알겠지만 네게 누님 한 분과 조카 한 명이 있다."

성환은 다시 한 번 대원들에게 차분히 자신이 전역을 할 수밖에 없는 사정을 설명했다.

하지만 성환의 설명을 들은 재환은 S1 대원들을 대신해 말했다.

"하지만 전에 교관님께서 저희에게 그러셨습니다. 무도의 끝을 보여 주시겠다고 말입니다."

재원의 말이 있자 뒤에 있던 대원들 모두 고개를 끄덕였다.

확실히 성환은 이들에게 처음 무공을 가르칠 때, 아니, S1을 구성할 때 그리 말을 했었다.

장기 복무를 하기 위해 특수부대에 지원한 이들 중 가리고 가려서 뽑은 S1.

이미 각 부대에서 최고라 평가되는 이들이었기에 처음 이들이 모였을 때 기 싸움이 대단했다.

하지만 조금 뒤 자연스럽게 서열이 정해지고 금방 질서가 잡혔다.

확실히 남자들의 세계라 그런지 서열이 정해지자 언제 그렇게 심하게 다투던 이들이 금방 체계가 잡힌 조직마냥 위계(位階)가 잡혔다.

아무튼 당시 S1 프로젝트를 꾸릴 때 가장 우선으로 한 것이 개인의 자질이었다.

그리고 그런 자질을 평가하는 데 개개인의 무술 실력이 선발 기준이 되었다.

군에 지원을 하는 이들 중 무술을 익힌 이들이 많았다.

무술을 익힌 이들이 지원을 많이 한 이유 중 하나가 현대 사회에서는 무술만으로는 먹고 살기 힘들기 때문에, 숙식이 제공되는 군대가 어찌 보면 그들에게 편한 감이 있었다.

물론 그게 모든 이유가 될 수는 없지만 아무래도 가장 많은 비중을 차지하는 것은 맞을 것이다.

S1에 선발된 이들도 하나같이 공통적으로 어려서부터 무술을 배웠다.

물론 스포츠화 된 무술을 배운 이도 있었고, 또 한때 유행하던 종합 격투기를 익힌 이들도 있었다.

그랬기에 각 특수부대에서도 두각을 나타내 이 자리에 선발이 되었을 것이다.

그런 S1 대원들을 모아 두고 성환은 고대에 내려오는 무공을 가르치려고 했다.

하지만 각자 자신에 맞는 무술을 익히고 있는 이들의 자존심은 무척이나 대단했다.

아무리 성환이 장교이고 또 특전사 내에서 이름이 알려진 이라고 하지만 자존심 상 성환이 알려 주겠다고 한 무공을 바로 배우겠다고 하진 않았다.

이들은 성환이 처음 자신이 가르쳐 줄 것이 무공이라고 말을 했지만 이를 현대의 무술로 알아들었었다.

어차피 무술이란 어느 것이 세다는 객관적 비교가 불가한 영역이 아닌가.

강한 사람이 익힌 무술이 강한 것이지 태권도가 가라데보다 또는 우슈보다 강한 것은 아니다.

혹자는 각 나라의 특수부대들이 익히고 있는 특공 무술 또는 특수부대의 무술들이 더 강하다 떠들어 대지만 그건 옳을 수도 있고 또 틀리기도 하다.

종합 격투기 챔피언이었던 표도르가 강한 것은 그 사람이 강한 것이지 그가 익힌 코만도 삼보가 다른 사람들이 익힌 격투기보다 뛰어나서 그런 것은 아니다.

아무튼 그런 생각을 가지고 있던 S1 대원들의 생각을 바꾸기 위해 성환은 직접 이들이 배워야 할 무공을 시연해 보였다.

2m의 담을 손도 집지 않고 넘고, 그저 소설이나 영화로만 보았던 비담주벽(飛澹走壁)을 보여 주기도 했다.

그런 성환의 능력을 보고 난 뒤 S1 대원으로 선발된 사람들은 모두 그곳에 들기를 원했다.

자신들도 성환이 보인 것을 가질 수 있다는 말에 너도나도 할 것 없이 지원했다.

그런 S1 대원들에게 성환은 마지막으로 자신을 믿고 따라오면 그들이 생각하는 무공의 끝을 보여 주겠다고 했다.

그런데 지금 성환이 중도에 그만두겠다는 말을 하는 것이다.

자신들과 약속을 했던 스승과 같은 이가 그만두겠다는 말에 모두 하나같이 성환에게 자신들의 처우를 물었다.

하지만 성환도 이 문제만큼은 확실한 답을 줄 수가 없다.

엄연히 이들은 대한민국 육군에 소속된 군인들이기 때문이다.

성환은 자신을 주시하는 S1들을 보며 한숨을 쉬었다.

"후……."

한숨을 쉬고 나니 조금은 차분해졌다.

"일단 너희들에게 사과를 먼저 하마. 정말 미안하다."

갑자기 고개를 숙이며 사과를 하는 성환의 모습에 S1의 대원들은 모두 당황했다.

자신들에게 성환은 그저 단순한 교관이 아니다.

어느 순간 성환은 자신들에게 스승과 같은 사람으로 인식이 되었다.

국가와 민족을 위해 희생을 하고, 자신의 것을 아낌없이 나눠 주는 그런 사람이 바로 성환이라, 마음속으로 오래 전부터 모든 대원들이 성환을 스승처럼 따랐다.

비록 성환은 S1에게 명목상으로는 교관이고 자신들의 직속상관으로는 정보사령부의 중령인 최세창이 있지만, 이들의 마음속의 우선순위는 바로 성환이었다.

그런 성환이 고개를 숙인 모습에 이들은 모두 당황했다.

그러나 성환은 이들이 당황하거나 말거나 자신의 말을 하였다.

"너희들에게는 민족과 조국을 먼저 생각하라고 했지만, 막상 일이 닥치고 보니 나도 사람이라는 것을 깨닫게 되었다. 사실 난 끓어오르는 분노를 복수에 사용하고 있고 또 멈추지 않으려 한다. 그렇기에 난 복수를 위해 그리고 남은 조카의 안전을 위해 위협 요소를 제거해야만 한다."

성환이 진지한 표정으로 자신이 현제 처한 상황에 대해 말하였다.

조카 안전을 위해서는 위험 요소를 모두 제거해야 한다는 말.

그리고 복수에 대한 이야기까지 모두 털어놓았다.

그런 성환의 이야기를 모두 들은 S1 대원들은 그제야 성환이 군을 나가려는 이유를 알게 되었다.

전에는 그저 누나가 죽어 하나뿐인 조카를 돌보기 위해 나간다고만 생각했지, 성환의 누나를 누군가 청부해 살해를 하고 또 조카까지 죽이려 한다는 것을 몰랐었다.

성환이 군대를 나가는 이유를 알게 된 S1 대원들은 하나같이 분노했다.

성환의 일은 군인으로서 나라와 국민의 안녕을 최우선으로 생각하던 이들에게 받아들일 수 없는 일이다.

성환이 겪었다면 어쩌면 자신들도 그런 비극을 겪을 수 있는 일이었다.

자신들은 비밀 장소에서 훈련을 하기에 가족과 통화를 하는 것이 자유롭지 못했다.

비록 자신들이 가정을 꾸린 것은 아니지만 혈족들은 있었다.

부모님이 계시고, 또 형제자매가 모두 있었다.

그런데 그런 사람들에게 누군가 위협을 가한다면?

S1의 대원들은 하나같이 분노했다.

만약 그런 일이 발생한다면 열 일 제쳐 두고 찾아가 복수를 할 것이다.

이런 생각이 들자 이들은 성환을 막을 수가 없었다.

"알겠습니다, 그렇지만 저희들도 이대로 두 손 놓고 있지는 않겠습니다."

"그게 무슨 소린가?"

"교관님께서 그랬습니다. 믿고 따르라고 말입니다."

"음."

"저희는 정말로 교관님을 스승처럼 믿고 따랐습니다. 그러니 교관님의 일, 저희도 돕게 해 주십시오."

"돕게 해 주십시오."

재환이 말을 하자 뒤에 있던 다른 대원들도 따라서 후창을 했다.

그런 대원들의 모습에 성환은 참으로 난감했다.

확실히 S1 대원들이 돕는다면 자신은 보다 빠르고 쉽게 복수를 끝낼 수 있다.

하지만 이들이 어떤 생각을 하건 군에서 이들을 쉽게 놔주진 않을 것이 분명했다.

특급 보안으로 묶인 이들의 존재를 군에서 풀어 줄 이유가 없었다.

어떤 이유가 있다 하더라도 이들을 사회에 풀어 놓을 수는 없다.

최대한 S1의 노출을 막아야 하기 때문이다.

성환이 이렇게 고민을 하고 있을 때, 그런 성환의 보며 S1의 대원들은 마음을 다잡고 있었다.

어떻게든 성환을 따라가야만 자신들이 원하는 무술의 끝을 볼 수가 있을 것이다.

물론 성환의 복수를 돕다 보면 언젠가는 그런 경지에 이를 거라는 생각이었다.

6.
서울에 내려온 사신

성환은 낮에 재환이 한 이야기를 곰곰이 생각을 해 보았다.

확실히 자신이 처음 그들을 만났을 때 했던 말이기도 했다.

백두산의 기인이 남기 유지를 받들어 민족중흥을 위해 후진을 양성해야 했기에 마침 군에서도 원하고 자신도 이해가 맞아 극비 프로젝트를 수락하게 되었다.

자신에게 필요한 무공들은 어느 정도 수습한 상태이기에 다음은 가르치면서 숙련도를 높이고 또 그렇게 깨달음을 얻어야 할 시기가 되기도 했었다.

그래서 그들에게 자신 있게 자신을 따라오면 현대 무술

들이 추구하는 끝을 보여 주겠다고 했다.

그런데 중간에 자신이 이들을 놔두고 군대를 나가야 할 상황이 되자 이를 생각하지 못했다.

성환은 그렇게 자신으로부터 인연이 되었던 S1들에 대한 고민을 하며 길을 걸었다.

오늘도 자신은 누나의 죽음에 연관된 자들을 죽이려, 이렇게 부대를 나섰다.

참으로 여러 가지로 머리가 복잡한 성환이었다.

남은 조카의 미래도 걱정을 해야 하고 또 자신이 가르친 S1들에 관해서도 고민을 해 봐야 했다.

그들이 자신의 이야기를 듣고 자신의 복수에 도움을 주겠다고 했을 때, 잘 가르쳤다는 생각도 들기는 했지만, 그렇다고 민간인을 상대로 그들을 끌어들일 수는 없었다.

자신과 그들은 누나의 죽음이라는 명제가 있지만 S1 대원들은 그런 것이 없다.

명분이 없는 것이다.

성환은 대원들이 말을 했을 때 바로 거절했다.

한참을 고민하며 걷던 성환은 꼬리에 꼬리를 물고 계속해서 고민거리만 떠오르자 고개를 흔들며 모든 잡념을 털어 버렸다.

그러면서 자신의 두 뺨을 치며 속으로 다짐했다.

짝!

'지금은 누나의 복수만 생각하자!'

그렇게 정신을 다잡으니 머릿속이 환해졌다.

◈　　　◈　　　◈

"병찬이는 좀 어떻습니까?"

"아직도 그렇습니다. 그러는 혁수는 어떻습니까?"

"음, 혁수도 별 차도가 보이지 않습니다."

김병두와 이세건은 강남의 모 술집에서 아들들에 관해 이야기를 주고받고 있었다.

"제가 좀 늦었습니다."

갑자기 문이 열리며 이진원이 큰소리로 말을 하며 룸 안으로 들어왔다.

이들이 이 자리에 모인 이유는 자식들의 원인 모를 병명을 혹시나 알아낸 사람이 있는지 알아보기 위해서였다.

"우리도 방금 왔습니다."

이진원이 늦은 것에 대하여 사과를 하자 이세건이 그런 이진원의 말을 받아 자신들도 방금 도착했다는 말을 했다.

"이진원 사장은 뭔가 알아낸 것이 있나?"

조금 전 이세건에게 말을 하던 것과는 다르게 김병두는 이진원에게 반말로 질문을 했다.

비록 초선이긴 하지만 김병두는 국회의원이고 이진원은

아무리 강남을 장악한 대조직의 두목이라고 하지만 결국 깡패였다.

그러니 김병두는 사업가인 이세건에게 하는 것과 다르게 이진원을 조금 무시하는 경향이 있었다.

하지만 그런 김병두에게 이진원은 별다른 말을 하지 않았다.

사실 속으로야 화는 나지만 김병두의 뒤에 도사리고 있는 그의 아버지가 무서워 감히 김병두에게 뭐라 하지 못하고 있는 것이다.

솔직히 초선의 국회의원 따위야 막말로 밑에 부하들에게 말만 하면 어디 야산이나 아니면 서해바다 고기밥으로 만드는 것은 식은 죽 먹는 것보다 쉬웠다.

그런데 그렇게 하지 못하고 이렇게 참고 넘어가는 것은 모두 김병두의 아버지인 김한수 의원 때문이다.

김한수 의원은 여당 의원 중에서도 상당한 영향력을 행사하는 이.

더군다나 자그마치 여섯 번이나 국회의원에 당선이 된 육 선의 국회의원이다.

그러니 당 내에서도 그의 말을 무시할 사람이 아무도 없었다.

그 정도 위인을 아버지로 둔 김병두이기에 감히 대조직의 두목인 이진원도 함부로 그를 대하기가 어려웠다.

"흠, 아직까지 뭐 나온 것이 없습니다."

갑자기 좋던 분위기가 이진원이 들어오면서 차갑게 바뀌는 것 같아 이세건은 얼른 분위기를 바꾸기 위해 아직 자리에 오지 않은 최만수에 대해 말을 꺼냈다.

"그런데 샹그릴라의 최만수 사장은 아직 연락이 안 됩니까?"

이세건이 최만수의 이름을 꺼내자 김병두도 약속 시간이 다 되도록 나타나지 않는 최만수를 생각하자 인상을 구겼다.

감히 깡패 두목 따위가 국회의원인 자신을 기다리게 했다는 것이 너무도 불쾌했기 때문이다.

"그게 최 사장이 간밤에 심장마비로 죽었다는 소식이오."

이진원은 껄끄러운 김병두보단 자신에게 반 존칭을 해 주는 이세건을 보며 말을 했다.

사업가인 이세건은 적을 만들지 않기 위해 조폭 두목인 이진원이나 최만수에게 언제나 반 존칭을 해 대우를 해 주었다.

그래서 두 사람도 이세건의 부탁이 있을 땐 적은 수수료로 일을 처리해 주기도 했다.

서로 활동하는 영역이 다르기는 하지만, 건설업을 하는 이세건에게 최만수나 이진원이 필요한 일이 분명 있기 때문이다.

비록 아들들이 친구들이라 알게 된 인연이지만, 각자 사업적으로 공생을 하는 관계라 이세건은 김병두와 다르게 두 사람을 대우해 주었다.

그것을 보면 아직까지 김병두는 이세건보다는 처세술이 조금 뒤쳐졌다.

하지만 그것도 그의 아버지라는 배경이 있으니 충분히 커버가 되는 흠이었다.

"그게 정말입니까?"

최만수가 죽었다는 말에 이세건이 놀라 물었다.

그리고 놀란 것은 이세건만이 아니라 김병두도 마찬가지였다.

분명 전에 최만수를 보았을 때, 심장마비가 올 정도로 건강상에 문제 있어 보이지 않았기 때문이다.

"전에 보았을 때는 그렇게 건강에 이상 있어 보이진 않았는데……."

이세건이 의아하다는 듯 말을 끝내지 못하고 얼버무렸다.

이세건의 말에 옆에 있던 김병두도 뭔가 고민이 있는 듯 인상을 구겼다.

그런 김병두의 모습에 이진원은 고개를 갸웃거렸다.

최만수가 죽은 것과 무슨 연관이 있는지 무척이나 궁금

했기 때문이다.

'김병두 의원과 최만수 사이에 뭔가 거래가 있었나?'

이진원이 이런 생각을 하고 있을 때, 이세건도 인상이 좋지 않은 김병두를 보며 물었다.

"김 의원, 무슨 고민이 있습니까?"

"아니오."

김병두는 이세건의 물음에 아니란 말을 하며 술병을 들었다.

"자, 일단 한 잔들 하면서 이야기를 합시다."

너스레를 떠는 김병두를 보며 이진원은 뭔가 있다는 생각을 굳혔다.

확실히 그가 생각하기에 김병두 의원과 최만수 사장 간에 거래가 있을 것이 분명했다.

예전부터 최만수 사장의 뒤에 김병두의 아버지 김한수 의원이 있다는 것을 모르는 이들이 없었다.

그렇기에 이진원도 최만수가 자신의 구역인 강남으로 진출했을 때 막지 못한 것이 아닌가.

김병두가 술잔을 돌리고 술이 들어가자 이세건은 문득 이상한 생각이 들었다.

"참 별일입니다."

"뭐가 말입니까?"

"그렇지 않습니까? 아이들이 술집에서 술을 먹다 몸에

이상이 생기고, 또 나이는 좀 있지만 그래도 건강엔 자신 있어 하던 최만수 사장이 심장마비로 죽은 것도 그렇고 말입니다."

"……?"

이세건의 말에 그제야 김병두나 이진원도 뭔가 이상하다는 생각이 들었다.

물론 심장마비야 누구나 걸릴 수 있는 병이다.

그렇지만 그렇게나 건강한 사람이 심장마비에 걸릴 확률이 얼마나 될까?

이런 생각을 하다 보니 모든 것이 이상했다.

"뭐지?"

세 사람은 정확히 모르지만 뭔가 이상하다는 것을 느끼며, 구체적으로 떠오르지 않아 인상을 찌푸렸다.

"우리가 놓친 뭔가가 있는 것 같은데 잘 떠오르지 않는데……. 이 사장, 뭐 생각나는 것 없나?"

김병두는 자꾸만 머릿속을 가물거리자, 옆 자리에 있는 이진원을 돌아보며 물었다.

그런데 그 말이 마치 아랫사람을 부리듯 물은 것이라 질문을 받은 이진원은 인상을 구기며 퉁명스럽게 말을 받았다.

"김 의원이 생각지 못하는 것을 내가 어찌 안단 말이오."

퉁명스런 이진원의 말에 김병두도 인상을 확 구겼다.

단 두 사람이 있는 것도 아니고 옆자리에 이세건도 있는 자리라 더욱 그러했다.

감히 깡패가 국회의원인 자신을 무시하는 것 같았다.

대외적으로 체면을 무척이나 따지는 김병두이기에 다른 사람도 아닌 깡패에게 무시를 당한 것 같아 이가 갈렸다.

얼마 전까지만 해도 둘이 죽이 맞아 함께 일을 도모하기도 했었다.

하지만 자식들이 원인 불명의 병으로 고통을 받고 있는 것 때문에 고심을 하느라 받은 스트레스로 판단력이 흐려진 지금은 작은 일에도 금방 반응을 보였다.

자신이 상대적으로 약자란 것을 잘 알고 있는 이진원이지만, 스트레스로 인해 지금은 김병두가 자신을 무시하는 것을 쉽게 받아들이지 못하고 되받아치고 있었다.

그러다 보니 이들은 예초의 아들들에 관한 일은 뒤로 제쳐 두고 서로를 노려보며 날을 세웠다.

김병두와 이진원이 이렇게 서로를 노려보며 대립각을 세우자 중간에 끼인 이세건도 인상이 점점 구겨졌다.

고통을 받고 있는 자식을 위해 억지로 어울리며 혹시나 하는 심정으로 나왔는데, 그런 일은 뒤로하고 서로 자존심 싸움만 하고 있으니 절로 인상이 나빠지는 것이 당연했다.

"자자 진정들 하시고, 저희끼리 다퉈서 뭐 좋은 것이 있겠습니까."

이세건은 억지로 자신의 화를 참으며 두 사람 사이에서 중재하였다.

"자 한 잔들 드십시다."

잔에 다시 술이 채워지고 몇 순배가 돌자 분위기는 다시 차분해졌다.

그러다 문득 생각난 것이 있는 듯 김병두가 말을 꺼냈다.

"그년들은 어떻게 되었소?"

조금 전 일 때문에 김병두는 이진원에게 말을 조금 높여 주며 물었다.

확실히 지금 생각하니 자신들끼리 다퉈 봐야 좋을 것 하나 없기에 잠시 마음을 추스르고 이진원에게 물은 것이다.

그런 김병두의 질문에 이진원은 바로 대답을 해 주었다.

"어미 년은 처리했다고 했는데, 딸년은……."

김병두가 물은 것은 성희와 수진의 처리에 관한 것이었다.

그런데 김병두는 자신의 물음에 말을 얼버무리는 이진원을 보며 다시 인상이 찌푸려졌다.

"딸은 어떻게 되었소? 아직이오?"

"그게 그러니까……."

"답답하네."

이야기를 하다 보니 이진원도 뭔가 이상함을 느꼈다.

"뭐지?"

뭔가 생각하는 듯한 이진원의 모습에 김병두가 물었다.

"무슨 일이오?"

"그게 그러고 보니 청부업자에게서 연락이 끊긴 것이 꽤 되는 듯해서 그렇습니다."

"청부업자가 잠적한 것이오?"

"그럴 위인이 아닌데 정말 이상합니다. 그자는 한 번 일을 시작하면 일을 끝내기 전까지 잠적하지 않는 자인데……."

"설마 붙잡힌 것은 아닙니까?"

이야기를 듣고 있던 이세건은 혹시나 청부업자가 경찰에 붙잡힌 것은 아닌지 걱정이 되어 물었다.

하지만 뒤 이은 이진원의 말에 안심을 했다.

"그건 아닌 것 같습니다. 경찰에 있는 끄나풀에 의하면 경찰도 지금 범인을 찾기 위해 백방으로 수소문을 하고 있답니다."

"그래요?"

"죽은 여자의 동생이 중요한 인물인지 경찰들에서도 신

경을 쓰고 있답니다."

이진원이 성환에 대해 이야기를 꺼내자 그제야 김병두
는 자신이 놓치고 있던 것이 무언지 깨달았다.

"아!"

갑작스런 김병두의 감탄사에 이세건과 이진원의 시선이
모두 그에게 모였다.

"무슨 일입니까? 뭐 생각나신 것이라도 있습니까?"

너무도 갑작스런 모습에 이세건은 김병두에게 물었다.

그러자 김병두는 방금 생각난 것을 두 사람에게 알려
주었다.

"전에 최만수 사장이 했던 이야기 있죠?"

"최 사장이요?"

"네, 재판이 끝나고 자축하는 자리에서 최만수 사장이
했던 말, 기억납니까?"

김병두는 아이들의 재판이 끝나고 무혐의로 풀려난 것
을 자축하면서 재판에서 불리한 증언을 했던 이들에 대한
보복을 힐책했었다.

"당시 저희는 아이들의 장래에 위해가 될 자들을 처리
하기 위해 이야기를 했지 않습니까?"

이야기를 듣고 있던 이세건과 이진원은 그제야 김병두
가 무슨 말을 하는 것인지 깨달았다.

"맞아! 그때 최만수 사장은 반대를 했었지."

"맞습니다. 그때 최 사장은 그 아이의 외삼촌이 무슨 특수부대 장교라 했었지요?"

"그래요. 특전사 교관이라고 했습니다."

세 사람은 그년의 외삼촌이 특전사 교관이니 복수는 그만두자던 최만수의 말을 무시하고 자식들에게 흠집을 만들려 했던 자들에게 복수를 결행했다.

김병두가 추진하고, 이진원이 청부업자를 찾고, 의뢰비는 이세건이 댔었다.

이런 생각이 이제야 나는 것이 왜 그러는지는 모르지만 세 사람의 머릿속에 그동안 있던 일들의 범인이 혹시 그가 아닐까, 하는 의심이 들었다.

특수부대 장교라 했으니 뭔가 세상에 알려지지 않은 약물이 있지 않을까, 하는 생각이 든 것이다.

그리고 건강하던 최만수가 잠을 자다 심장마비 때문에 죽었다는 것도 여간 석연치 않은 것이 아니었다.

세 사람은 동시에 이런 생각을 하고 서로 고개를 돌리며 상대를 살폈다.

❖　　❖　　❖

서초동의 한 골목길 그곳에서 성환은 어떤 집을 주시했다.

그 집은 흔한 단독주택이었는데, 주변의 높은 빌딩들과 조금 떨어져 다닥다닥 붙어 있는 주택이었다.

하지만 그렇다고 이곳의 집값이 싼 곳은 아니었다.

성북동이나 한남동처럼 부촌은 아니지만, 강남에서 꽤나 비싼 축에 드는 곳이다.

그래서 그런지 이곳의 집집마다 대문 위에는 CCTV가 설치되어 있어 쉽게 침입하기가 수월치 않아 보였다.

사실 이곳은 이런 사설 CCTV만 있는 것이 아니라 구청에서 설치한 것까지 있어 서울의 어느 지역보다 CCTV가 많이 설치되어 있다.

그런 관계로 성환은 어제 최만수의 집을 침입한 것처럼 담을 넘어 들어갈 수가 없었다.

주변을 살피던 성환은 왼손을 들어 시간을 확인했다.

시침은 10시를 가리키고 있었다.

'조금 일찍 움직여야겠다.'

성환은 오늘 부대를 나오면서 복수할 대상을 이미 선정하고 나왔기에 어제와 다르게 열심히 움직여야 했다.

사회 정의를 위해 존재하는 법관과 변호사들이 불법을 자행하고 그럼으로써 이득을 취하는 그들을 용서할 생각이 없었다.

물론 전체 재판관이나 검찰, 변호사를 모두 죽이겠다는 것은 아니다.

그저 조카의 사건에 관련된 자와 누나의 죽음과 연관된 자들에 한해 자신들의 잘못을 깨달으며 죽어 갈 것이다.

이런 저런 생각을 하며 계획을 수립한 성환은 골목을 나와 인근의 상가로 들어갔다.

너무나 자연스러운 성환의 행보에 누구도 그런 성환을 이상하게 생각하는 사람은 없었다.

상가 화장실에 들어간 성환은 빈칸으로 들어가 변장을 하기 시작했다.

우두둑! 우두둑!

갑자기 뼈마디가 부딪치는 소리가 나면서 성환의 얼굴이 변하기 시작했다.

광대가 조금 더 튀어나오고, 눈은 좌우로 조금 더 길어져 전체적으로 날카로운 인상을 가진 강퍅한 남자의 얼굴이었다.

변장을 마친 성환은 기감을 풀어 화장실 내부를 살폈다.

다행히 주변엔 아무도 없어 그냥 밖으로 나와 세면대 앞에 있는 거울을 통해 한 번 자신의 모습을 점검했다.

어디 부자연스러운 곳은 없는지 살피는 것이다.

거울을 통해 본 자신의 모습은 그 어디에서도 이전의 모습을 찾기 어려워 보였다.

자신을 아는 누가 보더라도 아마 자신이 정성환이란 것

을 모를 것이다.

그리고 그는 깨닫지 못하고 있지만 지금 현재 성환이 변한 모습은 그가 죽인 박원춘을 조금 닮아 있었다.

화장실을 나온 성환은 다시 상가를 가로질러 김인수의 집이 있는 골목으로 들어갔다.

◈　　　◈　　　◈

상가를 나와 골목으로 들어가는 성환을 어느 누구도 이상하게 쳐다보는 사람은 없었다.

분명 들어갈 때와 나올 때의 사람의 얼굴이 바뀌었지만 어느 누구 하나 관심을 가지지 않았다.

사실 현대 사회에서 자신과 친한 사람도 아닌 사람의 얼굴을 자세히 보는 사람은 없으니 당연한 일일지도 모른다.

아무튼 성환은 자신의 신분을 감추기 위해 변장을 하고 김인수의 집 앞으로 갔다.

그리고 그의 대문 앞에 선 성환은 주변에 사람이 오는지 살피고, 아무도 오지 않자 대문 손잡이를 잡았다.

손잡이를 잡은 성환은 내공을 손잡이에 투사를 하였다.

열양지기(熱陽之氣)를 손잡이에 불어넣었다.

뜨거운 양기로 벌겋게 달아 오른 금속에 이번에는 음한

지기(陰寒之氣)를 투사했다.

달아오른 쇠에 차가운 물을 부으면 그 쇠는 열을 받아 팽창했던 구조가 갑작스런 온도의 변화로 수축을 하게 된다.

이런 일을 몇 차례 반복을 하면 금속은 결합되어 있던 분자 구조가 견디지 못하고 결합이 떨어지게 된다.

이를 금속피로라 하는데, 지금 성환은 내공을 운용해 억지로 그렇게 만든 것이다.

내공을 이용해 대문의 잠금장치에 열을 가했다가 다시 차가운 기운을 쏘이고 다시 열을 가하는 일을 반복했다.

딸깍!

아주 작은 소리가 나면서 잠금장치의 금속 걸쇠가 부러지는 소리가 들렸다.

성환은 아주 작은 소리지만 남들과는 다른 청각으로 그 소리를 들었다.

겉으로는 표시가 나지 않기에 성환은 조심스럽게 문을 열고 들어가 대문을 닫았다.

다른 사람이 보았다면 열쇠를 열고 자신의 집에 들어가는 듯 자연스러웠다.

정원을 가로질러 현관 앞에 도착한 성환은 내공을 운용해 집 안을 살펴보았다.

다행히 거실에는 사람의 인기척이 느껴지지 않았다.

다시 한 번 대문에 그랬던 것처럼 현관의 문도 그렇게 열고 안으로 잠입을 하였다.

그런데 성환은 집 안으로 들어가자마자 집 안에 사람이 있다는 것을 알 수 있었다.

"아흥! 아앙, 아항!"

벽 너머로 여자의 감창소리가 들려왔다.

◆　　◆　　◆

김인수를 자신의 집에서 성교를 하고 있었다.

하지만 이 여자는 그의 부인이 아니었다.

그의 부인은 현재 애인과 여행 중이다.

김인수와 그의 부인은 정상적인 부부 관계가 아니다.

사실 따지고 보면 김인수나 그의 부인은 똑같은 사람들이었다.

성공을 위해 사귀던 애인을 버리고 부잣집 딸과 결혼을 한 김인수나, 집안의 강요로 억지 결혼을 한 그의 부인이나 똑같았다.

검사 시절 김인수는 많은 여성 편력을 가지고 있었다.

그런 것을 숨기고 성환의 애인이었던 미영을 유혹해 애인이 되었다.

그 모든 것은 계획된 일로, 미영의 아버지가 군 장성이라는 것을 알고 접근을 했었다.

하지만 그것도 잠시 중매쟁이가 나타나 재벌가 사위가 되지 않겠냐는 제안을 해 오자 그동안 사귀어 오던 미영과 헤어지고 결혼을 한 것이다.

물론 여자 쪽도 문제가 없던 것은 아니었다.

김인수의 부인도 결혼 전 그 못지않은 남성 편력을 가졌다.

그 때문에 검사라고는 하지만 격에 맞지 않게 재벌가의 딸과 중매를 하게 된 것이다.

김인수의 부인은 소문 때문에 정상적으로는 수준에 맞는 결혼을 하기 힘들다는 판단에 집안에서 정해 준 남자와 억지 결혼을 하였다.

김인수와 결혼을 하고 한동안 조신한 척을 하였지만 제 버릇 개 못 준다고 했던가.

그녀는 김인수가 일 관계로 잠시 밖으로 돌 때 연락을 끊었던 옛 애인과 다시 만나기 시작한 것이다.

하지만 꼬리가 길면 걸린다고 하는 말이 맞는지 그녀의 외도(外道)는 얼마 가지 않아 김인수에게 걸렸다.

이 때문에 그날 크게 부부 싸움을 한 김인수와 그의 부인은 합의를 하게 되었다.

이는 각자 사랑해 결혼한 것이 아니라 필요에 의해 결혼을 한 것이기 때문에 이루어질 수 있었다.

서로 사생활은 간섭하지 않기로 합의를 보았다.

어찌 보면 이게 더 나을지도 모른다는 판단을 한 김인수도 쉽게 그에 동의를 했다.

물론 그 때문에 김인수는 그의 부인에게서 많은 부분 양보를 받아 냈다.

아무튼 오늘 집에서 김인수 밑에 깔린 상대는 그의 부인이 아닌 다른 여자였다.

우연히 들린 텐 프로 술집에서 한눈에 반한 여자였다.

압구정과 청담동 일대를 장악하고 있는 만수파 두목의 아들인 최종혁의 사건을 깔끔하게 처리하고 축하 파티를 하던 자리에 나왔던 자신의 파트너였다.

미모는 그렇게 뛰어난 편은 아니지만 남자를 편안하게 만드는 재주가 있었다.

뿐만 아니라 김인수와 대화가 될 정도로 지적이라는 것이 더 자극했다.

얼굴은 예쁘지만 머리에 든 것이 하나 없는, 그저 욕망에 허덕이는 자신의 부인과는 차원이 다른 여자였다.

그렇기에 김인수는 첫 만남 이후로 급격하게 그녀에게 매료되었다.

그 뒤로 시간이 날 때마다 그녀에게 선물을 보냈다.

그리고 오늘에서야 자신에게 넘어와 이렇게 같이 밤을 보내는 중이다.

자신이 하체를 움직일 때마다 간드러진 감창을 하는 그녀를 볼 때면 예전에 잊었던 수컷의 정복욕이 피어올랐다.

그러면 그럴수록 김인수의 허리 운동은 더욱 격정적으로 움직였고, 그럴수록 그녀의 입에선 김인수를 흥분시키는 교성(嬌聲)이 울려 퍼졌다.

하지만 그런 좋은 분위기는 오래가지 않았다.

어느 순간 김인수의 눈에 자신의 밑에 깔린 여자의 얼굴이 다른 사람의 얼굴과 겹쳐 보이기 시작했다.

그 사람은 바로 김인수 자신의 아내였다.

무식하고 교양도 없는 자신의 아내.

그저 육욕을 참지 못해 결혼을 한 지 얼마 되지도 않은 신혼에 다른 남자를 자신의 침대에 끌어들인 천하의 갈보년이 지금 자신이 애모하는 여자의 얼굴과 겹쳐 보였다.

김인수는 자신의 눈에 왜 전혀 연관성이 없는 두 사람이 겹쳐 보이는지 너무도 이상했다.

하지만 뛰어난 머리를 가진 김인수는 잠시 뒤 전혀 닮지 않은 두 사람이 돼 겹쳐 보이는지 이유를 알게 되었다.

그건 바로 자신의 밑에 깔린 여자가 입으로는 좋아 죽는 소리를 하고 있지만 그 소리가 전혀 진정성이 없었다.

그저 남자를 흥분시키기 위해 지르는 직업여성의 거짓된 소리였다.

그리고 그런 소리는 바로 자신의 아내가 자신과 할 때

내던 소리와 전혀 다르지 않았다.

마지못해 자신과 섹스를 하면서도 본능적으로 남자를 흥분시키기 위해 지르던 거짓된 교성소리.

김인수는 처음 자신의 부인의 입에서 그 소리를 들을 때마다 흥분했다.

도도한 재벌가 여인을 자신이 만족시켰다는 자부심 때문이었다.

하지만 부인의 외도를 알게 되고 또 뒷조사를 통해 그동안 자신과 가졌던 관계가 모두 거짓된 연출이란 것을 알게 되었을 때 받았던 모멸감을 잊을 수가 없었다.

그러다 보니 지금 자신의 밑에 깔린 여자의 거짓된 신음은 지금 김인수의 기분을 깊은 무저갱 속으로 처넣고 말았다.

조금 전까지 흥분했던 기분은 사라지고 차가운 모멸감이 온몸을 덮쳤다.

그리되자 김인수의 눈도 함께 돌아가기 시작했다.

하지만 본능적으로 김인수의 허리는 계속해서 펌프질을 하고 있었다.

그리고 그 밑에 깔린 여자는 김인수의 움직임에 맞춰 율동을 하면서 신음성을 흘리고 있었다.

그러면 그럴수록 김인수의 기분은 더욱 가라앉았다.

급기야 더 이상 참지 못한 김인수는 손을 들어 여자의

목을 조르기 시작했다.

"컥, 컥!"

갑자기 목이 졸린 여자는 숨을 쉬지 못한 고통에 격한 소리를 내며 버둥거렸다.

하지만 여자가 버둥거릴수록 김인수의 손아귀는 더욱 힘을 주었다.

◈　　◈　　◈

"컥, 컥!"

성환은 남녀가 안방에서 섹스를 하고 있는 기척을 느끼고 어떻게 할 것인지 고민을 하고 있었다.

분명 남자는 자신이 오늘 목표로 한 김인수가 맞았다.

하지만 성환은 부인이 있을 것으로 예상은 하고 있었지만 이 시각에 깨어 있을 것이라고는 생각하지 못했다.

그래서 들어가길 망설이고 있었는데, 안방에서 들리는 소리가 바뀌었다.

누군가 숨이 막히는 것인지 목이 졸려 고통스러워하는 소리가 들렸다.

'무슨 일이지?'

성환은 짧은 시간에 안에서 벌어지는 일에 대하여 파악을 하고, 또 어떻게 할 것인지 판단을 하였다.

'내가 비록 살인을 저지르기 위해 침입을 했지만, 그렇다고 무고한 사람이 살해되는 것을 두고 보기만 있을 수는 없지.'

위기에 처한 여자를 그냥 둘 수 없다는 생각에 자신의 처지도 잊고 안으로 뛰어들었다.

쾅!

성환이 급하게 닫힌 문에 몸을 부딪쳐 열고 들어가자 여자를 깔고 위에서 목을 조르고 있던 김인수는 고개를 돌려 소리가 난 문을 쳐다보았다.

하지만 그의 눈에 보이는 것은 부셔진 문짝뿐이었다.

그래서 몸을 틀어 침입자를 확인하려는 순간 뒷목이 가시에 찔린 것처럼 따끔한 것을 느꼈다.

'뭐야?'

갑자기 몸이 뻣뻣해지며 움직이지 않았다.

고개가 굳어지고 곧이어 몸도 그리고 팔도 제대로 굳어버려 움직이지 않았다.

'이게 무슨 일이야!'

몸이 마비가 되자 김인수는 두려움에 떨었다.

자신에게 벌어진 일이 믿기지 않아 더욱 공포를 느꼈다.

성환은 김인수를 제압하고 그가 떠들지 못하게 아혈마저 봉했다.

김인수를 조용히 시킨 성환은 김인수의 밑에 깔려 있는 여자의 상태를 살펴보았다.

조금 전까지 하던 중이라 그런지 여자는 알몸에 아직도 하체에 김인수의 일부를 담고 있었다.

두 사람은 마치 변태 플레이라 말하는 SM 플레이를 한 것 같았다.

김인수의 두 손은 지금 여자의 목을 조르고 있는 그대로 굳어 있었다.

하지만 곧 두 사람이 변태적인 행위를 하던 것은 아니란 것을 알게 되었다.

성환이 그것을 알 수 있던 것은 전적으로 굳어 있는 김인수의 표정이었다.

김인수의 얼굴은 섹스를 통해 희열을 느끼는 표정이 아니라 증오로 인해 흉신악살처럼 변한 얼굴이었다.

그런 표정을 하고 두 사람이 정상적인 섹스를 했다고 보기도 어려울뿐더러 두 사람의 관계를 의심하게 되었다.

하지만 성환이 이 집을 찾은 것이 조사하기 위해 일이 아니기에 그런 생각은 금방 떨쳤다.

성환이 김인수의 밑에 있던 여자를 살펴보니 여자는 김인수가 목을 조른 것 때문에 죽은 건지, 아니면 기절한 것인지 눈을 감고 있었다.

그래서 손을 들어 목젖 옆 경동맥을 짚었다.

여자가 알몸으로 있었지만 성환에게 그런 여자의 몸은 유혹의 대상이 되지 못했다.

성환이 확인하니 여자는 뇌에 잠시 산소 공급이 되지 않아 기절한 것뿐이었다.

여자의 상태를 확인한 성환은 왼팔만 휘둘러 김인수를 가격했다.

성환이 휘두른 팔에 맞은 김인수는 그대로 뒤로 날아가 벽에 부딪쳤다.

쿵!

벽에 부딪친 김인수는 공포에 질려 고통도 느끼지 못했다.

김인수는 현재 자신에게 벌어지고 있는 사실을 믿을 수가 없었다.

자신이 살고 있는 집은 주변에서도 방범 시스템이 잘 갖추진 곳에 위치해 있다.

집으로 들어오는 골목 입구에 CCTV가 설치되어 있고, 또 자신이 살고 있는 집 양 옆으로 붙어 있는 집들도 보안을 위해서 CCTV를 설치하고 있었다.

더군다나 자신의 집도 다른 집들과 마찬가지로 CCTV는 물론, 동작 감지 장치까지 설치되어 있어 침입자가 있다면 바로 감지해 경고를 보냈을 것이다.

하지만 그런 반응이 전혀 없었다.

어떻게 자신의 집에 침입한 것인지 알 수가 없었다.

그리고 방금 전 눈앞에 있는 침입자가 어떻게 했는지 자신의 몸이 굳어 움직이지 않았다.

"그동안 네놈 때문에 고통받은 사람들을 위해 내가 판결을 내리겠다."

성환은 자신을 두려운 눈으로 쳐다보는 김인수를 내려다보며, 마치 재판관이 피고에게 판결문을 낭독하듯 말을 하였다.

"피고는 법을 알고 억울한 사람이 나오지 않게 변호해야 할 책임이 있는 법조인으로서 본인의 직분을 다하지 않고, 자신의 사리사욕을 위해 악과 결탁을 하여 피해자를 두 번 죽이는 만행을 저질렀기에 이에 이렇게 선고한다. 피고 사형."

김인수에게 사형 선고를 한 성환은 김인수에게 다가가 여러 곳의 혈을 짚었다.

성환이 혈을 짚고 난 뒤 김인수의 몸에서 변화가 일어났다.

일단 눈이 크게 떠지고 입은 고통으로 크게 벌렸지만, 얼마나 고통스러운지 아무런 소리도 들리지 않았다.

뿐만 아니라 여자의 목을 조르던 상태로 굳어 있던 두 손은 제멋대로 비틀리기 시작했다.

손뿐 아니었다.

두 다리도 마찬가지로 뒤틀리며 마치 공중에 보이지 않는 틀이 있어 김인수의 두 팔과 다리를 고정시켜 비틀고 있는 것 같았다.

"너 때문에 고통받았던 사람들이 겪었을 고통의 100분의 1이나마 경험해 봐라. 그리고 그 고통을 이해했을 때 네놈은 쓸쓸히 죽어 갈 것이다."

성환은 마치 예언이라도 하듯 그렇게 말을 하고 김인수의 집을 빠져나갔다.

따르릉! 따르릉!

김인수가 여자와 섹스를 하기 위해 벗어 둔 양복 안주머니에서 요란하게 그를 찾는 전화벨 소리가 울렸다.

하지만 김인수는 성환에 의해 자신의 몸을 주체하지 못하는 상태였다.

그는 너무도 고통스러워 몸도 가누지 못하고 또 고통 때문에 전화벨 소리도 듣지 못하며 서서히 죽어 갔다.

성희를 죽였던 박원춘이 집 지하실에서 성환에 의해 고통 속에서 죽어 가듯 그렇게 김인수도 그렇게 죽어 가고 있었다.

7.
악인들의 반격

성환이 김인수의 집에 들어갔다 나온 시간은 겨우 30분이 흐르지 않았다.

　김인수를 고통 속에서 서서히 죽어 가게 만든 성환은 그의 집에서 나오면서 전화벨 소리를 듣긴 했다.

　하지만 그런 것은 별 신경을 쓰지 않았다.

　그의 죽음이 빨리 알려지든, 아니면 늦게 알려지든 상관이 없기 때문이다.

　아니, 오히려 일찍 발견된다면 성환에게는 더욱 좋았다.

　성환이 김인수를 처리하면서 살펴보니 안방에 그들은 섹스를 하기 전 마약 파티를 했는지 방 한쪽 화장대에 주사기가 보였다.

그리고 김인수의 혈을 짚을 때 그의 팔에는 주사 바늘 자국이 여럿 보였다.

아무래도 조폭들과 어울리다 그쪽으로 빠져든 것 같았다.

그러니 경찰에 발견 되더라도 마약에 취해 여자를 목을 조르다 발작해 죽은 것처럼 보일 것이 분명했다.

뭐, 대문과 현관문이 고장이 나 있는 것이 조금 부자연스럽게 보일지도 모르지만 그런 것보다는 김인수의 죽음을 타살이라고 보기 어렵기 때문이다.

또 비록 성환이 맨손으로 대문의 손잡이와 현관의 손잡이를 잡았다고 하지만 내공을 운영하는 상태였기에 지문이 묻지 않았다.

그러니 외부의 침입 가능성에 대해 수사 초반에 의심을 할지 모르지만 증거가 없기에 흐지부지 될 것이다.

성환은 아무런 걱정 없이 김인수의 집을 나섰다.

물론 김인수의 집을 나서기 전 혹시 몰라 김인수의 집에 있는 컴퓨터를 뒤져 CCTV 녹화 프로그램을 검색해 자신이 들어왔던 장면을 삭제하는 것은 물론이고 프로그램 자체를 컴퓨터 바이러스에 감염을 시켜 먹통으로 만들어 버렸다.

혹시나 경찰에서 컴퓨터를 확인하다 삭제된 장면을 복

구할 수도 있기에 조치를 취한 것이다.

현대전에서 이런 적의 정보를 교란하는 것은 기본이기에 그런 조작이 가능했다.

성환은 김인수의 집을 나서서 또 다른 목표가 사는 곳으로 향했다.

우연인지 아니면 끼리끼리 모여 사는 것인지 오늘 목표로 한 이들이 모두 이 근처에 살고 있었다.

"전화를 받지 않습니다."

"설마?"

"설마 그렇겠습니까? 지금 시간이 이른데, 어디서 일을 보고 있겠지요."

"그럴까요? 참, 요즘 김 변이 공을 들이고 있는 아이가 있다고 했죠?"

"네, 전에 갔던 가게 아이 하나에게 꽂혔다고 하더라고요."

김인수에게 전화를 한 이진원은 김인수가 전화를 받지 않자 조금 전 이야기하던 것이 생각났다.

하지만 곧 생각을 접었다.

비록 시간이 밤 10시가 넘었다고 하지만, 도심 한복판에서 일을 벌이기에는 너무 이른 시간이기 때문이다.

"김 변의 일은 접어 두고 일단 조금 전 하던 이야기나 마저 합니다."

"예."

김병두나 이세건 그리고 이진원은 주변에서 벌어지고 있는 일이 평범하지 않다는 생각에 혹시나 특수부대의 장교라는 것 때문에 자신들이 모르는 뭔가를 가지고 성환이 복수를 하는 것은 아닌지 의심을 했다.

소 뒷걸음질에 쥐 잡은 격으로 이들의 객관적이지 않은 그저 그렇지 않을까, 하는 막연한 생각이 핵심에 접근을 했다.

비록 특수부대에 그런 약품은 없지만, 성환이 그런 것은 맞았기 때문이다.

"그 외삼촌이란 자에 대해서 뭐 아는 것 좀 있습니까?"

"그게 이제부터 알아봐야지요."

"그럼 나도 그자에 대해 다른 방도로 알아볼 테니, 이 사장도 좀 자세히 알아보시기 바랍니다."

"그럼 전 이번에도 필요한 경비를 부담하기로 하죠."

김병두가 지휘를 하듯 나서서 이야기를 하자 이세건은 역시나 자신이 할 것은 돈을 대는 것 외엔 없다는 생각에 조사에 필요한 경비를 부담하기로 했다.

각자 서로 역할을 분담해 성환에 대해 조사하기로 했다.

"알겠습니다. 그런데 요즘 분위기가 안 좋으니 우리 조심들 하죠."

"그게 좋겠습니다. 혹시나 그놈이 우릴 노릴 수도 있으니."

조금 전까지만 해도 자존심을 세우기 위해 언성을 높이던 김병두와 이진원은 자신들 주변을 노리는 공통의 적이 나타나자 언제 그랬냐는 듯 서로의 안전을 걱정하며 다독였다.

◈　　◈　　◈

날이 밝고 대한민국은 발칵 뒤집어졌다.

인터넷을 통해 처음 알려질 때만 해도 별거 아닌 흔한 부고(訃告) 소식 정도로 생각을 했는데, 그게 아니었다.

같은 동네에 사는 법조인 3명이 약간의 시간 간격을 두고 심장마비로 죽은 것이다.

죽은 이들의 나이가 있으니 그럴 수도 있을 것이고, 또 직업이 직업이다 보니 남들이 모르는 정신적 스트레스를 받아 그럴 수 있다.

하지만 그들의 죽음에 많은 사람들이 귀추(歸趨)를 주목하는 것은 누군가 한 명이 그들의 죽음에 댓글을 단 때문이다.

몇 줄의 댓글이었지만 큰 파장을 일으켰다.

[무전유죄 유전무죄. 권력의 하수인들 천벌을 받은 것이다. 미성년 납치 성폭행한 범인을 증거 불충분으로 방면한 인면수심의 판사들에게 하늘이 천벌을 내린 것이다.]

죽은 판사들이 몇 달 전 전국을 떠들썩하게 했던 재판의 판사들이었다는 사실이 밝혀지면서 그냥 묻힐 수도 있던 일이 사람들의 관심을 끌며 이슈가 되었다.

그 때문에 경찰은 물론이고 검찰에서도 혹시나 하는 생각에 재조사를 하게 되었다.

혹시나 원한에 의한 타살일 가능성이 있는지 밝히기 위한 것이다.

그리고 경찰과 검찰이 재조사를 하는 것에 김병두와 이세건이 영향력을 행사한 것은 당연했다.

국회의원인 김병두는 아버지를 따라다니며 안면이 있는 검사들에게 넌지시 전화 한 통 하면 되는 것이었고, 이세건도 사업을 하면서 잘 알고 있는 검찰과 경찰들에게 이야기를 하면 되는 것이었다.

굳이 누구를 겨냥해 말을 하면 자신들도 의심을 받을 수 있기에 그저 재판에 불만이 있는 사람들이 소행이 아닐까, 라는 말만 넌지시 하면 되는 문제다.

그리고 이들의 의도대로 수사는 재판의 피해자였던 사

람들에 대한 조사가 이루어졌다.

◈　　　◈　　　◈

국군 정보사령부 부대 앞 위병소에 일단의 경찰이 서 있었다.

경찰이 군 부대인 이곳에 올 일이 없을 것인데 너무도 생소한 모습이라 위병 근무를 서고 있는 헌병들도 자기들끼리 소곤거리며 떠들고 있었다.

이때 한 경찰관이 떠들고 있는 위병에게 다가와 물었다.

"언제쯤 나오는 것입니까?"

누굴 기다리는 것인지 조금은 초초한 모습으로 물어왔다.

그런 경찰을 보며 위병은 담담히 대답을 했다.

"그건 저도 잘 모르겠습니다."

위병의 모르겠다는 말에 경찰은 인상을 구기며 동료 경찰이 기다리는 곳으로 갔다.

"뭐래?"

위병에게 질문을 했던 경찰이 다가오자 다른 경찰이 물었다.

"자기들도 모르겠답니다."

"이런 쌍! 군바리 새끼들은 매사에 이렇다니까!"

기다리던 경찰이 화가 나는지 거칠게 소리를 치자 그 소리를 들었는지 위병을 서던 헌병들의 인상이 구겨졌다.

하지만 자신들의 임무는 부대 앞 입구를 지키는 것이기에 자리를 이탈하지는 않았다.

그렇지만 이들의 인상은 무척이나 좋지 못했다.

자신들끼리야 군바리, 군바리 하고 부르지만, 군인을 속되게 부르는 군바리란 말을 군인이 아닌 다른 사람들에게 듣는 것은 경우가 달랐다.

그건 자신들을 비하하는 말이기 때문이다.

이곳 국군 정보사령부에 소속된 군인들은 모두 직업군인들이다.

사병이 없이 모든 군인을 부사관급 이상으로만 구성이 되어 있다.

이는 이곳이 대한민국 안보에 중요한 정보를 취급하는 곳이라 그 중요성이 대두되어 2년만 근무하면 사회로 환원되는 사병들을 들이기에는 보안에 구멍이 생길지 모르기에 그런 사고를 미연에 방지하기 위해 그런 조치가 취해진 것이다.

투철한 군인 정신으로 조국을 위해 복무한다는 생각을 가지고 있는 이들에게 방금 전 경찰의 말은 큰 실례였다.

하지만 그런 것을 모르는 경찰은 그저 자신들의 일에

비협조적으로 나오는 군에 대한 불만을 표현하고 있었다.

이렇게 부대 앞에서 참고인 조사를 위해 찾은 군인이 나오길 기다리는 경찰들이나 이들의 불만을 듣고 있는 헌병들이나 표정을 굳힌 채 분위기가 험악했다.

그렇게 시간이 지나고 부대 안에서 군인 한 명이 걸어 나왔다.

"날 찾아온 경찰이 어디 있나?"

성환은 밖으로 나오며 위병에게 물었다.

"저기 있습니다."

성환의 질문을 받은 위병은 고개를 돌려 한쪽에 모여 담배를 펴고 있는 경찰을 가리켰다.

위병이 가리킨 곳을 돌아본 성환은 그들을 향해 다가갔다.

"날 찾아왔다고?"

일과 중에 나온 것이라 성환의 말투는 그리 정중하지 못했다.

자신의 전역 신청이 수락되기 전까지 최대한 S1의 대원들을 가르쳐야 했기에 이를 방해받은 것이 기분이 나빴다.

군 내부에서도 성환이 최대한 그들을 완성하길 바라기에 성환의 일과는 전혀 관여하지 않았다.

중간에 다른 명령이 내려올 만도 한데 그런 것이 전혀

없었다.

그런데 이렇게 외부에서 자신을 찾아와 일과를 방해하니 기분이 썩 좋지 못했다.

그런 성환의 물음에 경찰들은 어이가 없었다.

딱 봐도 자신들보다 어려 보이는 사람이 반말로 질문을 하는 것이 기분이 나빴다.

더군다나 자신들이 이곳을 찾아와 면담 신청을 한 것이 벌써 몇 시간 전이다.

그런데 이렇게나 늦게 나오면서 처음 한 말이 반말이다.

"아무리 계급이 대령이라고 하지만 나이 차이가 상당한데 반말이라니 듣기 좋지 않습니다."

아까 위병에게 질문을 했던 경찰이 나서서 성환에게 자신들의 불만을 말했다.

그 옆의 경찰도 성환의 말에 뭐라 하고 싶지만, 후배 경찰이 먼저 나서서 그런지 마지못해 참는 표정이 역력했다.

하지만 이들은 지금 성환의 자신들보다 어려 보이는 외모를 두고 아까 전 기분이 나쁜 것까지 합쳐 불만을 토로했다.

그런데 이들은 성환의 나이가 자신들과 비슷하다는 것을 모르고 한 말이었다.

아무리 젊어 보인다고 해도 대령의 계급을 가진 성환이 그저 보이는 그대로의 나이는 아니란 것을 착각하였다.

"그런 쓸데없는 소리를 하려고 바쁜 날 부른 건가?"

"음음."

하지만 고압적인 성환의 태도에 잠시 헛기침을 했다.

그들도 지금 상황이 마음에 들지는 않지만 일단 성환의 협조를 얻어야 하기에 대충 넘어가기로 했다.

"아닙니다. 일단 어디 앉아서 이야기를 나누시죠."

순화된 경찰의 말에 성환은 잠시 이들을 노려보다 부대 인근 커피 전문점으로 향했다.

군부대 앞인데도 장사가 잘되는 곳이었다.

하지만 지금은 오전 시간이라 아직 손님이 뜸해 한산한 모습을 보이고 있었다.

"그럼 실례하겠습니다."

선배 경찰이 성환에게 일단 실례하겠다는 말로 입을 열었다.

참고인 조사이기 때문에 조심스럽게 질문을 하는 것이었다.

사실 성환을 참고인 조사를 하기 위해 부른 것도 참으로 힘들었다.

무엇 때문인지 군 당국에서 협조적이지 않았기 때문이다.

성환이 아무리 대령 계급의 장교라고 하지만 너무도 비협조적인 것 때문에 경찰청 내부에서도 말들이 많았다.

예전 공화국 때의 군사정권도 아니고 너무도 패쇄적인데다 비밀이 많은 군인들의 세계에 경찰들은 앞다투어 성토를 했었다.

그리고 또 지금 경찰들이 성환을 대하는 것을 조금 어렵게 생각하는 것은 조금 전 보였던 카리스마 넘치는 눈빛 때문이다.

자신들보다 어려 보이는 남자의 말투나 눈빛에 압도된 이들은 신중하게 말을 할 수밖에 없었다.

마치 맹수의 앞에 벌거벗은 것 마냥 상대가 자신을 노려보고 있는 것 같아 평소와 다르게 위축이 되었다.

그런데 이 모든 것은 성환이 자신의 기세를 감추지 않았기 때문에 벌어진 일이었다.

아직까지 성환은 자신의 일과를 망친 이들에게 별로 좋은 감정이 생기지 않았고 또 권력의 앞잡이가 되어 제 본분을 잊었던 다른 경찰들이 생각나 더욱 그랬다.

"그래 날 무슨 용무로 보자고 한 거지?"

"네, 다름이 아니라 김태승 판사, 김장우 판사 그리고 박후인 판사 아시죠?"

경찰은 죽은 판사의 이름을 거론하며 성환에게 물었다.

"알고 있소."

성환이 순순히 그들을 알고 있다고 말을 하자 질문을
한 경찰은 눈을 반짝이며 물었다.

"그들과 어떤 관계입니까?"

뭔가 캐내기 위해 성환을 주시했다.

"뭐, 별 관계있는 것은 아니고, 내 조카와 연관된 사건
의 담당 판사들이었소."

너무나 순순히 대답을 해서 그런지 경찰들은 김새는 느
낌이 들었다.

그리고 투서의 내용과 다르게 사건과 눈앞의 군인은 연
관이 없어 보였다.

누가 보더라도 눈앞의 장교는 딱 군인이었다.

그렇기에 아직 그들이 죽은 것이 타살인지도 밝혀지지
않은 시점에서 들어온 제보 때문에 이렇게 군인을 조사한
다는 것이 말이 안 된다는 생각이 들기 시작했다.

"선배, 이거 정말 살인 사건이 맞는 걸까요?"

"그러게, 이 사람을 봐선 살인을 저지를 사람 같지는
않은데 말이지."

두 사람은 성환의 눈치를 보며 작게 소근 거렸다.

하지만 이런 두 사람이 주고받는 소리는 성환의 귀에
아주 또렷하게 들렸다.

"그런데 그 제보 정확한 겁니까?"

"나도 모르지, 그저 위에서 제보가 들어왔다고 조사를

하라니 우린 명령에 따라 조사만 하면 되는 거야.”

성환은 두 사람이 이야기를 하는 것을 엿듣고는 눈을 반짝였다.

비록 자신이 그들을 죽이긴 했지만 누가 그 사실을 알고 경찰에 제보한 것인지 깜짝 놀랐다.

하지만 두 사람이 하는 이야기를 들어 보니 자신이 한 일을 알고 찾아온 것이 아니라, 그저 막연히 찾아와 조사를 하는 것이란 사실을 알게 되었다.

“그게 내게 물어보고 싶은 이야기 전부요?”

“아 아닙니다. 저……..”

자신들끼리 이야기를 하다 성환이 중간에 질문을 하자 당황하여 말을 끊었다.

“그러니까…… 오늘 새벽 02시에서 04시쯤에 어디 계셨습니까?”

경찰은 성환에게 죽은 판사들의 사망시점에 어디에 있었는지 물었다.

하지만 성환에게서 들려온 말은 너무도 허무했다.

“아니, 그 시간에 어디에 있다니? 그 시간에 숙소에서 잠을 자지 뭐하겠나?”

경찰들은 성환의 대답을 듣고 나니 할 말이 없었다.

“음, 그럼 그걸 증명해 줄 사람은 있습니까?”

“이봐! 그 시간 군인들이 뭘 할 수 있는지 생각은 해 보고 질문을 하는 거야?"

어이없다는 표정으로 되묻는 성환의 말에 경찰은 더 이상 조사를 진행할 필요성을 느끼지 못했다.

성환에게서 더 이상 조사할 것이 없다 판단한 경찰들은 자리에서 일어났다.

"이거 바쁘신데 찾아와 죄송합니다."

성환은 경찰들을 잠시 쳐다보다 그냥 자리에서 일어났다.

그들과 더 이상 나눌 이야기가 없기 때문이다.

하지만 그런 성환의 모습에 경찰들은 다시금 인상을 구겼다.

아까 전 일이 생각난 때문이다.

그렇게 별다른 접점 없이 몇 마디하고 성환은 바로 부대 안으로 들어가 버렸다.

그런 성환의 모습에 두 사람은 어이가 없어, 도대체 저 사람이 어떤 사람인지 궁금해졌다.

부대 안으로 들어가는 성환의 모습을 지켜보던 두 사람은 도저히 궁금해 그냥 갈 수가 없어 위병을 서고 있는 헌병들에게 다가가 물었다.

"이보시오. 지금 들어가는 저 사람 도대체 정체가 뭐요?"

경찰의 질문에 질문을 받은 위병은 잠시 부대 안으로

들어가는 성환의 뒷모습을 보다 조심스럽게 경찰에게 말을 하였다.

"대한민국 전군에서 전설로 불리는 사람입니다."

"전설?"

"네, 10여 년 전 북한에까지 들어갔다 살아온 사람입니다."

"그거야 북파 공작원들도 무사히 살아 돌아온 사람들이 있지 않소?"

질문을 했던 경찰은 겨우 그 정도로 전설은 운운하냐는 듯 말했다.

확실히 이곳 정보사령부 산하 HID들은 수시로 북한에 넘어가 정보를 캐온다.

대한민국 정부는 그런 일이 없다고 하지만 이미 그런 이야기는 널리 퍼져 공공연한 비밀이었다.

"훗, 그런 게 아니라…… 당신들도 생각해 보시오"

위병은 10여 년 전 북한의 핵개발과 핵실험을 감행하고 핵 보유를 선언했던 때를 은근하게 말했다.

당시 북한의 핵 시설에 미국 특수부대가 침투해 시설을 파괴했다고 알려졌다.

그런 사실을 알고 있는 경찰은 위병을 다시 보며 물었다.

"설마……?"

"그 설마요. 당시 정성환 대령님은 25세란 나이로 초특급으로 진급을 해 대위 계급으로 팀을 꾸려 북한에 넘어갔었단 말이오."

자세한 내용은 비밀이라 말하지 않았지만, 오랜 시간이 지난 일이라 이렇게 은밀하게 그때의 일을 들려주는 것이다.

원래 규정대로라면 이도 말을 하면 안 되는 일.

아까 이들이 군인들을 비하한 것 때문에 자신들의 자존심을 살리기 위해 자랑을 하듯 들려주었다.

❖　　❖　　❖

"이야기 들었습니까?"

"어떤 것 말입니까?"

"김 변도 죽었다고 합니다."

"김 변이요?"

"네."

"어떻게?"

"그게……. 알려지기로는 약물중독에 의한 발작이라고 한데 뭔가 석연치 않습니다."

"석연치 않다니요?"

"그게 그러니까…… 김 변이 죽은 시각이 판사들이 죽

은 시각과 비슷하다고 합니다."

"헉!"

김병두와 이세건은 이야기를 하며 인상을 굳혔다.

두 사람은 이야기를 하면서 이제는 의심이 아니라 확신을 하게 되었다.

현재 누군가 자신들을 노리고 있고, 또 그 가능성이 가장 높은 사람이 바로 특수부대 교관으로 있는 성환이라는 것을 말이다.

그들을 어떤 수법으로 죽인 것인지 모르지만 김병두나 이세건은 가슴이 답답해 왔다.

"이대로는 안 되겠습니다."

"어떻게 하시려고요?"

"경찰이나 검찰에만 맡겨 두었다가는 우리도 언제 어떻게 될지 모르겠습니다."

김병두가 말을 꺼내자 이세건은 그가 무슨 말을 하려는지 물었다.

그리고 김병두는 정말로 이대로 경찰이나 검찰이 수사하는 것만 지켜보았다가는 자신의 안전이 위협받을 것 같아 가만히 있을 수가 없었다.

"죽은 최만수 사장의 집은 전문 경호업체와 계약을 해보안이 아주 철저했습니다. 그런데 그도 죽었지요."

"네."

"그와 저희들의 경호 수준은 비슷한 정도입니다. 더욱이 그는 조폭 두목답게 주변에 상주하는 부하들이 많았는데, 그래도 죽었습니다. 그러니 이대로 기다리기보다는 대비를 해야 하지 않겠습니까?"

대비를 하자는 김병두의 말에 이세건도 고개를 끄덕였다.

확실히 이세건이 생각해도 그의 말이 타당했다.

멍하니 살인자가 자신을 죽이러 올 것을 떨며 기다리기보다 신변 보호를 위해 철저히 준비를 하고 만약 범인이 자신을 찾아 왔을 때, 그를 잡거나, 죽여야 했다.

그래야 안심이 될 것 같았다.

그러니 이세건도 김병두의 말에 동조를 하며 고개를 끄덕인 것이다.

그리고 대한민국 도급 순위 100위 안에 들어가는 건설사를 이끌며 사실 지금과 같은 위기를 한두 번 겪은 것이 아니었다.

공사 하나 수급받기 위해서 로비는 로비대로, 경쟁 기업에서 보낸 조폭들을 상대하기도 했었다.

그때마다 이세건은 죽을 고비를 한 번씩 헤쳐 나왔다.

그러니 그때보다 위험하다 하더라도 이대로 그냥 죽기를 기다리기보단 대응하기로 한 것이다.

두 사람은 진원파의 이진원 사장이 오기 전 서로 이야

기를 주고받으며 입을 맞추었다.

김병두는 이야기를 하면서 눈을 반짝였다.

확실히 조폭 두목인 이진원보다는 사업가인 이세건을 상대하는 것이 편했다.

정치인으로서 궂은일을 위해선 이진원과 같은 조폭이 필요하긴 하지만 그런 일을 대행할 사람은 찾아보면 많았다.

하지만 이세건과 같은 사업가를 자신의 품으로 품는 것은 미래를 위해서 무척이나 중요했다.

그래서 지금도 공을 들여 이세건을 자신이 준비한 계획에 포함시킨 것이다.

"곧 있으면 이진원 사장이 오고 구체적인 이야기를 하겠지만, 우리의 안전과 아이들을 정상으로 회복시키기 위해선 아무래도 그자의 조카를 먼저 찾는 것이 좋을 거 같습니다."

김병두는 모든 일의 원흉으로 성환을 지목하고 아이들의 이상을 보이는 것을 고치려면 천상 성환을 붙잡아야 한다고 판단했다.

그러니 특수부대에 그것도 무술 교관으로 있는 성환을 붙잡기 위해선 철저한 준비를 해야 한다 생각하고 이세건에게 미리 말을 하는 것이다.

계획은 자신이 세우고 자금은 사업가인 이세건이, 그리

고 인력은 조폭인 이진원에게 맡길 심산이었다.

김병두와 이세건이 이렇게 논의를 하고 있을 때, 이진원이 방으로 들어왔다.

"늦었습니다."

"어서 오십시오."

"어서 오시오."

"무슨 얘기들을 그리 재미있게 하시고 계셨습니까?"

이진원은 혹시나 자신을 따돌리고 뭔가 꾸미는 것은 아닌지 농담 반, 진담 반으로 물었다.

그런 이진원의 질문에 김병두는 조금 전 이세건과 했던 이야기를 다시 들려주었다.

이야기를 다 들은 이진원은 눈을 반짝였다.

확실히 김병두의 계획대로만 된다면 지금 고통 때문에 일상생활을 하지 못하고 집에만 있는 아들의 병도 낫게 할 수도 있고, 잘만 이용한다면 서울의 한 지역이 아니라 전국 통일도 가능할 것 같았다.

남들이 가지지 못한 특별한 능력을 가진 자라 하지만 자신의 조카가 인질로 있다면 자신의 말을 듣지 않을 수 없을 것이라 생각했다.

"참으로 기발한 생각입니다. 만약 계획대로만 된다면 죽은 최만수 사장의 빈자리를 채우는 건 문제도 아니겠습니다."

이진원은 은근하게 김병두를 띄우며 말을 했다.

확실히 요즘 김병두는 궂은일을 할 청소부가 필요하였다.

전에는 아버지의 이름으로 만수파를 이용해 더러운 일들을 처리했었다.

하지만 만수파의 최만수 사장이 죽고 만수파가 공중으로 붕 뜬 상태라 자신의 일을 처리해 줄 사람이 없었다.

그 때문에 요즘 강남의 이진원 사장에게 아쉬운 소리를 하고 있었다.

평소라면 한 수 아래로 보며 무시했을 일도, 지금은 그러지 못하고 이렇게 같은 자리에서 반 공대를 하면 대우를 해 주고 있었다.

여기 모인 세 사람은 지금 웃으며 이야기를 하고 있지만 각자 자신만의 계산을 하고 있었다.

◈　　◈　　◈

'이제부터는 신중하게 움직여야겠어.'

성환은 며칠 전 경찰이 다녀간 뒤 신중하게 움직이기로 다짐을 했다.

자신을 의심을 하고 조사를 온 것은 아니지만, 어찌 되었든 경찰이 자신에게 와 참고인 조사를 했다는 것은 누군가 의심을 한다는 말이었다.

그리고 경찰들이 하는 이야기를 엿듣는 과정에서 경찰에 누군가 제보를 했다고 했으니 조심할 필요가 있었다.

'아!'

성환은 며칠 외부 출입을 하지 않고 S1의 일만 집중하다보니 뭔가 놓치고 있는 것이 이제야 생각이 났다.

수진을 진성에게 맡겨 두고 여태 연락을 하지 않은 것이 이제야 생각났다.

누나의 복수도 중요하지만 유일한 혈육인 조카가 더욱 중요했다.

이젠 세상에 유일하게 남은 가족이 아닌가.

물론 자신이 결혼을 하면 새로이 가족이 생기겠지만 아직까지 그런 계획이 없는 성환은 지금은 수진만 생각하기로 했다.

그리고 생각난 김에 수진에게 전화를 걸었다.

"여보세요, 수진이냐?"

전화기를 통해 들리는 수진의 목소리는 자신에 대한 걱정이 역력하게 묻어 있었다.

한동안 연락을 하지 않은 것 때문에 걱정이 되었나 보다.

"그래, 삼촌은 아무 일 없지. 넌 어때? 지낼 만하냐?"

성환은 외국에 나가 있는 수진의 안부를 물으며 통화를

했다.

그곳 생활은 괜찮은지, 무슨 어려운 점은 없는지 꼼꼼히 물었다.

◈　　◈　　◈

"으, 흐!"

아침이 밝아 오자 수진은 기지개를 켜며 자리에서 일어났다.

미국에 온 지도 벌써 한 달이 되어 갔다.

처음 미국에 도착했을 땐 정신이 없어 뭐가 뭔지 아무것도 몰라 허둥댔다.

갑자기 들이닥친 불행으로 수진은 한동안 정신을 차릴수가 없었다.

비록 겉으로 표현은 하지 않았지만 수진은 너무나 힘들었다.

미성년인 수진은 엄마가 걱정할까 봐 괜찮은 척을 했다.

그리고 그런 수진을 성희는 사랑으로 감싸며 안정을 찾게 도움을 주었다.

그런데 그런 엄마가 괴한에게 자신이 보는 앞에서 살해되었다.

아직 자신이 겪은 사고의 피해를 다 극복하지 못한 상태에서 보호자인 엄마까지 살해당하자 수진은 극격한 정신적 공황 상태가 되었다.

다행이라면 든든한 버팀목인 외삼촌이 있다는 것이었다.

자신이 사고를 당해 사경을 헤맬 때, 자신을 구원해 준 히어로와 같은 사람.

그리고 자신이 어렵게 생각했던 어른들이 자신의 외삼촌을 보고 다들 고개를 숙이는 모습을 보았을 때 그 느낌은 불안한 수진의 마음을 바로잡아 주었다.

엄마가 돌아가셨을 때도 외삼촌은 슈퍼맨처럼 범인을 붙잡아 복수를 해 주었다.

사실 수진은 성환이 범인을 경찰에 넘기지 않았다는 것을 알고 있었다.

성환이 수진의 안전을 위해 외국에 여행을 할 것을 제안했을 때, 며칠을 고민했다.

그리고 그게 자신의 마음을 추스르는 데 도움이 된다는 의사의 말을 듣고 외삼촌의 말을 따르기로 했다.

자신을 보호해 줄 진성 아저씨의 동생분과 함께 생활을 하다 갈아입을 옷가지를 가지러 집에 들렀다.

그리고 그때 집 지하실에서 죽어 가는 범인을 보게 되었다.

엄마의 장례식을 치르던 병원에서 본 그 범인은 무척이나 두려운 사람이었다.

어둠 속에서 노려보는 짐승 같은 광기에 물든 그 눈빛은 수진을 꼼짝 못하게 만들었었다.

하지만 다시 재회한 범인은 그러지 못했다.

올무에 걸려 다 죽어 가는 짐승처럼 차가운 지하실 바닥에 엎드려 헐떡거리는 범인의 모습은 수진이 가지고 있던 범인에 대한 트라우마(trauma)를 극복하게 해 주었다.

범인을 경찰에 넘기지 않고 이곳에 죽어 가게 놔두었는지 알 수는 없지만 수진은 그런 외삼촌의 판단에 찬성을 했다.

아니, 더 잔인하게 죽일 수 있는 방법을 자신이 알지 못하는 것에 안타까운 생각이 들었다.

아무튼 그 일이 있고 나서 수진은 홀가분하게 한국을 떠날 수 있었다.

그리고 이곳 미국에 와서 수진은 세인트 조나단 예술 학교에 편입했다.

수진의 꿈이 연예인이 되는 것이기에 이곳 세인트 조나단 예술 학교에 입학한 뒤 열심히 학업을 따라가기 위해 노력을 했다.

비록 한국에서 기획사 연습생으로 삼 년을 훈련을 받았

다고 해서 이곳에서의 수업이 쉽지만은 않았다.

그래서 한동안 진도를 따라가기 위해서 외삼촌에게 연락도 하지 않고 바쁘게 생활했다.

아니, 일부러 한국의 소식을 멀리하기 위해 연락도 않고 학교생활에 열중을 했다.

그럼으로써 친구도 빨리 사귈 수 있었다.

오늘은 주말 새로 사귄 친구들과 함께 여행을 가기로 했다.

새로운 마음으로 아침 일찍 일어나 샤워를 하기 위해 침대에서 일어나는데, 갑자기 휴대폰이 울렸다.

따르릉!

"헬로?"

아직 잠에서 깬 지 얼마 안 된 상태라 발신자를 확인하지 않고 영어로 받았다.

"어? 삼촌!"

전화를 건 사람은 뜻밖에도 연락이 없던 외삼촌이었다.

친척이 성환이 유일하기에 수진은 그냥 삼촌이라 불렀다.

그리고 그렇게 부르는 것에 수진의 엄마인 성희가 살아 있을 때에도 별로 상관하지 않았기에 수진은 편하게 그렇게 불렀다.

외삼촌이라고 부르면 왠지 멀게 느껴진다나……

아무튼 생각지도 못한 성환의 전화를 아침 일찍 받게 된 수진은 순간 잠이 확 달아났다.

"어쩐 일이세요? 뭐, 저야 잘 있죠."

이런 저런 이야기를 하며 수진은 성환이 물어보는 이곳에서 자신의 생활에 관해 시시콜콜 이야기를 했다.

"오늘은 새로 사귄 친구들과 여행가기로 했어요."

수진은 친구들과 여행가기로 했다는 이야기를 들려주었다.

당연 전화기 너머에서 성환의 걱정하는 소리가 들려왔다.

"너무 걱정하지 마세요. 진희 언니에게 호신술도 배우고, 또 저번 주에는 총기 휴대 면허도 땄어요."

수진은 이곳이 미국이란 것을 성환에게 상기시키며 자신이 보호자로 함께 미국에 온 진희—진성의 여동생—에게 호신술도 배우고 또 사격 훈련과 총기 휴대 면허까지 획득했다는 것을 알렸다.

이는 모두 멀리 떨어져 있는 성환을 안심시키기 위해 무리하게 진행한 일들이었다.

유일한 보호자이자 후견인인 외삼촌의 걱정을 덜어 주기 위해 자신도 노력을 해야 한다는 것을 일찍 깨달은 수진은 특전사 출신인 진희에게 호신술을 가르쳐 달라고 하는 한편, 미국이라 총기 소유가 가능하기에 진짜 총은 아니지만 테이저건을 소지하기 위해선 라이센스가 필요했다.

그래서 진희를 따라 총기소지 허가 시험까지 치르고 면허를 땄다.

"그러니 너무 걱정하지 마세요."

수진은 계속해서 자신을 걱정하는 삼촌을 위해 자신은 잘 있다는 말을 하며 안심을 시켰다.

◈　　◈　　◈

성환은 수진과 통화를 마친 뒤 자신도 모르게 입가에 미소를 지었다.

목소리가 많이 밝아진 것을 느꼈다.

비록 수화기 너머로 들린 소리지만 친구도 사귀고 또 자신의 안전을 위해 능동적으로 움직이는 것이 너무도 자랑스러웠다.

마냥 어리게만 보았는데, 벌서 어른이 되었다는 것을 느꼈다.

어린 나이에 성폭행을 당하고, 또 엄마를 사고로 여의고 얼마나 충격에 빠졌을지 몰랐다.

다행히 상담을 한 의사가 여행을 권유하기에 자신도 누나의 복수를 위해, 그리고 수진의 안전을 위해 한국을 떠나 있는 것이 수진을 위한 일이라 생각해 미국으로 보냈다.

아무리 경호원을 붙였다고는 하지만 걱정이 되지 않은 것은 아니었다.

하지만 그때는 조카인 수진보다는 자신을 키워 준 누나의 복수가 우선이었다.

물론 그 생각은 얼마 가지 않아 자신이 잘못 생각했다는 것을 깨달았지만 말이다.

그런데 어리게만 보았던 조카가 이젠 시련을 극복하고 벌써 자신의 일을 혼자 판단하고 실천에 옮기고 있었다.

자신이 걱정할까 봐 호신술도 배우고, 또 몸을 지키기 위해 총기 휴대 면허도 취득했다고 한다.

물론 이러한 수진의 움직임은 사전에 자신이 수진의 경호원으로 붙여 준 진희로부터 보고를 받아 알고 있었다.

하지만 그런 사실을 굳이 수진에게 알릴 필요는 없었다.

그저 그런 일을 혼자 결정하고 적극적으로 시련을 극복하려는 행동에 대해 칭찬과 격려를 해 주면 되는 것이다.

성환은 조카에 대한 걱정을 어느 정도 덜게 되자 마음이 편해졌다.

'다행이다.'

수진이 잘 있는 것 같으니 적잖게 안심이 되며 모든 일이 술술 잘 풀려 가는 것 같아 기분이 좋았다.

◆ ◆ ◆

"야, 이 새끼들아! 내가 알아 오라고 한 지가 언젠데 아직까지 소식이 없어!"

이진원은 자신의 오른팔인 독사를 보며 소리쳤다.

별명만큼이나 잔인한 독사는 이진원이 강남을 차지하기 위해 경쟁 조직과 투쟁을 할 때, 상대 조직원을 잔인하게 처리함으로 인해 적대 세력은 물론이고 같은 편에게까지 두려움을 안겨 준 자였다.

하지만 지금 그도 분노한 이진원의 앞에서는 고양이 앞의 쥐 신세였다.

전국에서도 알아주는 주먹인 이진원의 밑에서 큰 독사는 이진원이 화가 나면 얼마나 잔인해지는지 너무도 잘 알고 있었다.

자신이 수하나 적대 세력에 하는 것은 견줄 게 없을 정도로 잔인한 성격이었다.

그렇기에 지금 독사는 이진원의 앞에서 고개를 숙이며 처분을 기다렸다.

독사도 이진원의 지시를 받아 부하에게 전달했는데, 아직까지 보고가 올라오지 않아 그만 이진원에게 보고하는 것이 늦어졌다.

한참 방에서 이진원이 광분하고 있을 때, 살며시 사무실의 문이 열리며 누군가 들어왔다.

사무실로 들어온 그 남자는 고개를 숙이고 있는 독사의 뒤로가 그의 귀에 대고 뭐라고 속삭였다.

독사의 귀에 속삭인 남자는 바로 독사가 수진의 행방을 알아보라 지시한 부하였다.

부하의 이야기를 들은 독사는 얼른 흥분해 있는 이진원에게 보고를 했다.

"형님!"

"뭐야!"

"방금 알아보라고 한 거 왔습니다."

이진원은 독사의 말에 조금은 진정을 하고 독사를 돌아보았다.

"그래, 말해 봐!"

이진원의 지시가 있자 독사는 방금 보고를 한 부하를 돌아보았다.

그러자 방금 사무실로 들어온 남자는 긴장을 한 채 보고를 했다.

괜히 보고를 똑바로 하지 않으면 어떤 처벌을 받을지 몰랐기 때문이다.

"예, 형님이 알아보라고 한 여자는 현재 이곳에 없고 미국에 나갔다고 합니다."

"미국?"

"예, 엄마가 죽고 장례가 끝난 뒤 며칠 있다 바로 나갔다고 합니다. 그리고 여자 한 명이 동행을 했다고 하는데, 알아보니 그년의 외삼촌이 붙여 준 특전사 출신의 용역 회사 직원이라고 합니다."

이진원의 부하는 아주 자세하게 수진에 대해 조사를 해 보고했다.

다만 수진이 미국 어디에 있는지는 알아내지는 못한 것 같았다.

솔직히 일개 조직폭력배가 그런 것을 알아내는 것은 불가능했기 때문에 자신이 알 수 있는 범위 내에서 최대한 많은 정보를 알아와 보고를 하는 것이다.

"흠, 미국에 있다고?"

이진원은 수진이 미국 어디에 있는지 알 수 없다는 부하의 말에 잠시 고민을 했다.

이렇게 되면 수진을 인질로 잡을 수가 없었다.

그렇게 되면 자신을 노리는 성환을 잡는 데 조금 번거롭게 되었다.

인질이 있는 것과 없는 것은 천지 차이이니 말이다.

약점을 잡아 집요하게 파고드는 것이 자신들 조폭들의 특기.

그것을 써먹지 못하게 되었다.

하지만 이진원은 조금 번거로워지긴 하겠지만 성환을 붙잡는 데 어려움은 없을 것이라 생각했다.

쪽수에는 장사가 없다고 생각하는 이진원으로서는 부하들 몇 다치는 것 정도야 문제도 아니었다.

그저 일을 끝내고 다친 부하들을 잘 다독이면 아무런 문제가 되지 않았다.

그리고 자신의 조직은 그만한 역량을 가지고 있다고 믿었다.

8.
삼청(三清) 프로젝트

성환은 본격적으로 복수를 하기 위해 강남을 찾았다.

강남에는 복수의 대상인 진원파가 있었다.

누나를 죽도록 청부한 이진원이 두목으로 있는 폭력 조직인 진원파가 자리를 잡고 있기 때문에 이곳을 찾았다.

이곳은 압구정, 청담을 본거지로 하는 만수파와 함께 강남을 양분하는 깡패 조직인 진원파의 본거지가 있는 역삼동이다.

역삼동은 외국계 회사들이 사무실을 내고 있는 곳이라 연봉이 많은 직장인들이 많았다.

그리고 그런 직장인들을 상대로 하는 고급 술집 또한 많이 밀집되어 있는 곳이기도 했다.

성환이 거리를 지날 때마다 검은 양복으로 쫙 빼입은 삐끼들이 성환을 붙잡았다.

군복을 벗고 편한 복장을 입고 있다고 하지만 원체 옷걸이가 좋다 보니 평범한 복장에도 뛰어난 외모 때문에 빛이 나 보였다.

그러니 삐끼들은 성환의 모습에서 자유분방한 외국계 회사에 다니는 고액 연봉자라 판단하고 붙잡는 것이다.

하지만 성환은 일이 있어 이곳을 찾은 것이라 삐끼들의 유혹에 넘어가지 않았다.

사람들로 혼잡한 거리를 지나 커다란 빌딩이 보였다.

죽은 최만수를 고문해 알아낸 진원파의 본거지였다.

빌딩 입구에도 진원 빌딩이라고 크게 현판이 붙어 있었다.

"내가 맞게 찾아왔군."

작게 중얼거린 성환은 조금 떨어진 곳 카페에서 진원 빌딩을 살폈다.

빌딩 입구에는 경비 복장을 한 경비원이 있었지만 커다란 유리문 뒤로 보이는 내부에는 양복을 입고 있는 깍두기들의 모습이 간간이 보였다.

그리고 빌딩 지하에는 술집이 있는 듯 삐끼들과 조폭들이 수시로 들락날락하는 모습이 포착되었다.

카페에서 커피 한 잔을 시켜 놓고 진원 빌딩을 지켜보

니 어느 순간 사람들의 움직임이 분주해지기 시작했다.

누군가 높은 사람이 오는 것인지 조폭들이 주변을 청소하는 모습이 보였다.

'누가 오는 거지?'

성환은 분주히 움직이는 조폭들을 보며 궁금증이 생겼다.

군대도 그렇듯 높은 사람이 부대를 방문하게 되면 밑에서는 무척이나 바빠진다.

그리고 그건 인간이 사는 사회 어느 집단이나 마찬가지.

조폭도 예외가 아니었다.

상급자가 내려오면 그들도 맞을 준비를 해야 하는 것이다.

얼마나 쳐다보고 있었을까?

한 대의 검은색 고급 세단이 진원 빌딩 앞에 정차를 하였다.

그 세단에서 내리는 인물은 성환도 잘 알고 있는 얼굴이었다.

진원파의 두목 이진원이 고급 승용차에서 내려 빌딩 안으로 들어가는 것이 보였다.

"이제 들어가는군!"

후흡!

작게 중얼거리며 커피를 마셨다.

이는 흥분되는 심장을 진정시키기 위해 성환은 뜨거운 커피를 식혀 마셨다.

이진원이 빌딩 안으로 들어가고도 성환은 한참을 그렇게 카페 안에서 진원이 들어간 건물을 주시하며 시간을 보냈다.

◈　　◈　　◈

퍽! 퍽!

쿵! 쿵!

이진원은 부하에게 보고를 받고 있다 갑자기 문 밖에서 들려오는 소리에 인상을 찌푸렸다.

"이게 무슨 소리야!"

고개를 돌려 독사에게 물었다.

"제가 나가 알아보겠습니다."

평소 소란스러운 것을 별로 좋아하지 않는 이진원의 성격을 잘 알고 있는 독사는 뭔가 두들기는 소리와 무거운 것이 부딪히는 소리에 얼른 나서서 사무실 밖으로 나갔다.

밖으로 나온 독사는 복도에 대기하고 있는 부하를 보며 물었다.

"이게 무슨 소리냐?"

"그게 밑에 층에서 나는 소리 같습니다."

"그럼 새끼야, 무슨 일인지 알아봐야 할 거 아냐! 너 회장님이 소란스러운 거 싫어하는 거 알아, 몰라?"

대답을 한 부하의 뺨을 후려쳤다.

짝!

복도에 뺨맞는 소리가 요란하게 울렸다.

"어서 알아봐!"

"예."

뺨을 맞은 부하는 얼른 소리가 들리는 층으로 내려가 무슨 일인지 확인하러 떠났다.

하지만 그 순간에도 소리는 계속해서 들리고 있었다.

그리고 그 소리는 점점 속도를 더해 가고 있어 회장실이 있는 최상층 복도에 있는 독사는 궁금증도 커져만 갔다.

❖   ❖   ❖

성환은 진원 빌딩에 들어와 1층 로비에서부터 한층, 한층 깡패들을 쓰러뜨리며 위층으로 올라갔다.

"이 새끼! 여기가 어디라고 올라와!"

깡패 하나가 성환이 계단을 타고 올라오는 것을 보고는 소리쳤다.

그런 깡패의 말에 그와 함께 있던 이들을 일제히 성환을 돌아보았다.

"넌 뭐냐?"

성환은 깡패들을 그저 말없이 쳐다보며 그들의 곁으로 다가가 가장 먼저 소리친 남자를 남겨 두고 주변에 있던 깡패들을 패기 시작했다.

바로 밑에 층에서도 그랬다.

만약 남은 남자가 자신의 질문에 제대로 대답을 하지 못한다면 또 다시 같은 행동을 위층으로 올라가 반복할 것이다.

모든 깡패를 쓰러뜨린 성환은 유일하게 멀쩡히 서 있는 사내에게 물었다.

"이진원은 몇 층에 있나?"

진원파의 두목인 이진원이 이 건물에 들어가는 것을 보았기에 성환은 이진원의 행방을 물었다.

하지만 비록 삼층을 지키고 있지만, 이 남자는 이진원의 행방을 알 정도의 위치에 있지 못했다.

다만 이진원이 조직의 두목이니 그의 사무실이 가장 상층에 있다는 것은 알고 있었다.

이미 남자에게는 의리나 뭐 그런 것이 머릿속에 남아 있지 못했다.

원 샷, 원 킬.

딱 그 말이 정답이었다.

한 사람에게 딱 한 방씩이면 충분했다.

아무리 덩치가 크건 아니면 동작이 빠르건 상관이 없었다.

성환의 주먹에 맞은 깡패들은 자신에게 무슨 일이 벌어졌는지 알지 못할 정도로 순식간에 당했다.

하지만 그 옆에서 동료가 당하는 모습을 본 깡패들은 달랐다.

성환에게 맞은 동료는 덤프트럭에 받친 것처럼 주먹과 반대 방향으로 날아갔다.

성환의 질문을 받은 남자는 동료가 날아가는 것을 확인하고 자신의 눈을 의심했다.

동료들은 두목인 이진원의 명령에 모두 덩치를 불리기 위해 각종 영양 보충제를 먹었다.

그렇다고 이들이 그냥 몸집만 불린 것이 아니라, 보다 강한 힘을 내기 위해 많은 시간을 체력 단련에 기울였다.

한 마디로 일반 조폭들과 다르게 비계 살이 아니라 근육으로만 뭉친 차돌 같은 몸들이었다.

그래서 같은 덩치에 비해 무게도 상당했다.

그런 동료들이 공깃돌 날아가듯 휙휙 날아가니 정신을 차릴 수가 없었다.

다른 지역이라면 한 자리 차지할 수 있는 동료들이 순식간에 당하자 남자는 성환의 질문에 반항할 생각도 못하고 자신이 아는 모든 것을 토설했다.

"제, 제가 그런 걸 어떻게 알겠습니까? 다, 다, 다만…… 이곳 최상층이 회장실이니 그곳에 있을 겁니다."

하지만 성환은 똑같은 대답을 바로 밑층에서 들었다.

"억!"

성환의 주먹을 맞은 남자는 짧은 비명을 지르고 그 자리에 주저앉았다.

남자는 순순히 질문에 대답을 한 관계로 벽에 날아가 벽과 충돌하는 행운은 얻지 못했다.

뭐 그렇다고 그런 행운을 얻는다고 남자가 좋아할지는 모르지만 말이다.

세 개의 층에 있는 조폭들에게 이진원의 행방을 묻고 같은 대답을 들었으니 아마도 이진원은 그곳에 있을 가능성이 높다 판단한 성환은 다시 위층으로 올라가면서 더 이상 질문을 하지 않았다.

더 이상 물어보는 것은 쓸데없는 일이란 생각이 들었기 때문이다.

그러다 보니 성환이 한 개 층을 평정하고 위로 오르는 속도가 올라갔다.

그리고 성환의 속도가 오른 것은 위로 올라 갈수록 깡

패의 숫자가 줄어들고 있기 때문이기도 했다.

아무래도 위층에 있을수록 이들도 직급이 오르는 듯 입고 있는 복장도 조금은 달랐다.

위로 오를수록 깡패들이 입고 있는 옷이 고급이었기 때문이다.

◆　　　◆　　　◆

"야! 알아보라고 한 것은 어떻게 됐냐?"

밑에 층에서 소란은 계속해서 들리는데, 무슨 일인지 알아보러 간 독사는 감감무소식이라 조기의 넘버 3인 작두에게 물었다.

작두도 자신과 함께 사무실에 있었는데 그걸 자신에게 물어봐야 알 도리가 없는 작두는 눈만 멀뚱히 뜨고 이진원을 보았다.

"이 새끼야! 물으면 대답을 해야 할 것 아냐!"

"형님, 저 지금까지 형님과 함께 있었는데요?"

"그럼 새끼야! 나가서 알아봐야지 그럼 내가 가리?"

"아, 아닙니다."

작두가 밖으로 나가고 이진원은 그런 작두를 보며 한탄을 했다.

"저 새끼, 어떻게 저 자리까지 올라왔는지 모르겠네!"

밖으로 나가는 작두는 자신을 비하하는 이진원의 소리를 들었지만 참을 수밖에 없었다.

확실히 자신은 싸움은 자신 있지만 머리를 쓰는 데는 영 젬병이라 그런 소리를 전에도 들었었다.

그렇지만 부하들도 많은데 저런 소리를 들어야 하는 작두의 심정은 이가 갈렸다.

정말이지 요즘 들어 두목인 이진원이 부하들을 이끄는 영도력은 영 아니었다.

아들 이세환이 원인 모를 병에 걸리고부터 이진원은 어딘가 모르게 성격이 바뀌었다.

전에도 성격이 조금 폭력적이고 급한 편이기는 요즘처럼 부하들에게 폭언과 폭행을 하지는 않았다.

특히나 자신과 함께 진원파를 키운 간부들에게는 절대로 이런 말을 하지 않았었다.

하지만 지금의 이진원은 사람이 바뀌었다.

불만은 있지만 아직 힘이 약한 관계로 작두는 이를 악물고 참으며 밖으로 나갔다.

그리고 밖으로 나온 작두는 바로 독사에게 물었다.

"형님! 무슨 일이랍니까?"

"넌 뭐하러 나왔냐?"

"음음, 빤하지 않습니까? 알아 란 것 어떻게 됐냐고 닦달을 하는데……."

작두는 독사의 시선을 외면하며 투덜거렸다.

그런 작두의 모습에 독사는 절로 인상이 구겨졌다.

확실히 두목인 이진원의 성격이 바뀌었다.

오랜만에 그를 만나는 사람이 있다면 비슷한 사람이 대역을 하고 있는 것으로 착각을 할 정도로 성격이 바뀌어 버렸다.

"좀만 기다려 보자. 알아보라고 시켰으니 곧 알아 오겠지."

독사는 표정에서 벌써 불만이 나타나는 작두를 달래며 말을 했다.

작두는 독사가 보기에도 참으로 단수해 속내를 알아보기 참 쉬웠다.

좋고 싫은 것이 금방 표시가 나기에 다루기가 쉬운 수하였다.

무력은 자신과 비슷하지만 이런 단순한 성격 때문에 자신에 이어 삼 인자의 자리에 있는 것이다.

하지만 두목인 이진원은 이 인자인 자신보다는 단순하고 알기 쉬운 작두를 더욱 신임한다는 것을 독사도 잘 알고 있다.

이진원이 작두를 신임하는 이유는 작두가 머리를 써서 상대를 제압하는 두뇌형이 아닌 전형적인 파이터라 자신을 배신한다면 금방 탄로 날 것이기 때문이다.

그렇기 때문에 무력도 자신 다음으로 강하고 또 머리도 있는 독사를 견제하기 위해 작두를 곁에 두었다.

그런데 요즘 들어 두목인 이진원이 실정을 하고 있어 어쩌면 독사 자신에게 기회가 올 것도 같았다.

옛날의 날카롭던 판단력은 세월과 함께 무뎌졌는지 아니면 오랜 평화 때문에 배에 기름이 꼈는지 이진원은 옛날의 그가 아니었다.

그저 욕심만 늘어난 늙은이가 되어 가고 있었다.

자신들이 뜻을 모아 내쳤던 욕심 많은 옛 두목과 비슷한 모습을 보이고 있었다.

아무튼 속으로 조직을 뒤엎을 기회를 노리고 있는 독사는 아직까지 두목인 이진원을 따르는 조직원이 많기에 조금 더 참으며 때를 기다리기로 했다.

"그런데 이 새끼는 잠자리 고기를 삶아 먹었나, 감감무소식이야!"

독사가 이렇게 내려보낸 부하를 기다리고 있을 때, 사무실 안에서 이진원은 뭐가 잘못되어 간다는 느낌을 받았다.

"하! 새끼들 나가기만 하면 함흥차사네!"

부하들이 벽에 병풍처럼 서 있는 것을 보던 이진원은 잠시 무슨 생각을 했는지 얼굴이 창백해졌다.

생각해 보니 지금까지 들린 소리는 뭔가 비정상적인 소

리였다.

뭔가 커다란 물체가 벽에 강하게 부딪히는 소리였다.

더욱이 소리를 듣기로는 꽤 중량이 나가는 물체가 벽에 부딪혔다.

"야! 경찰서에 연락해!"

이진원은 옆에 있는 부하에게 소리를 질렀다.

뭔가에 질린 표정으로 지시를 내리는 두목의 모습에 부하는 황당한 표정을 지었다.

그도 그럴 것이 지금 자신들은 조직폭력배가 아닌가?

그런데 조폭 사무실에 조폭이 경찰을 부른다는 것이 말이 되는 소린지 부하는 눈만 멀뚱히 껌뻑였다.

"뭐해! 내 말 안 들려?!"

거듭된 두목의 고함에 부하는 하는 수 없이 관할 경찰서에 전화를 걸었다.

"여보세요, 거기 강남 경찰서죠?"

경찰서에 전화를 건 부하는 경찰이 전화를 받자 이진원을 쳐다보았다.

"저…… 뭐라고 할까요?"

경찰서에 전화를 건 부하가 어떻게 말을 할 것인지 물었다.

그러자 이진원은 얼른 지시를 내렸다.

"이곳에 수상한 사람이 침입했으니 어서 오라고 해! 아주 위험한 인물이니 기동타격대도 동원하라고."

이진원의 말에 부하는 하는 수 없이 방금 전 두목에게 들은 이야기를 그대로 하였다.

신고를 마치고 전화를 끊은 부하에게 이진원은 물었다.

"뭐라고 하던? 곧 온다고 하지?"

"예? 예."

대답을 하는 부하는 속으로 투덜거렸다.

'아오! 가오, 떨어져, 씨팔. 내가 건달이지 양아치야, 뭐야! 사무실에 침입자가 들어왔다고 경찰에 신고를 하고……'

부하는 자신이 생각하기에 너무 어이가 없었다.

명색이 건달인데 자신들이 있는 아지트에 누군가 침입을 했으면 나가서 잡아야지 경찰에 신고를 한다니 믿을 수가 없었다.

한편 경찰에 신고를 했는데도 마음이 놓이지 않은 이진원은 조금 전 독사나 작두에게 큰소리치던 것과는 반대로 뭔가 나사가 빠진 것처럼 안절부절 못했다.

이진원은 점점 빨라지는 소리에 뭔가 결심을 했는지 어딘가로 전화를 했다.

"김 의원님, 저 이진원입니다."

이진원은 김병두 의원에게 전화를 해 현재의 상태를 전

달했다.

"아무래도 그놈이 절 찾아온 것 같습니다. 그런데 조금 심상치 않습니다."

김병두와 통화를 하면서도 이진원의 시선은 사무실의 출입문으로 향해 있었다.

"야! 너희도 다 나가서 입구를 막고 있어!"

이진원은 무슨 생각인지 부하들을 모두 복도로 내보냈다.

그러면서 부하들에게 사무실 입구를 지키란 명령을 하였다.

부하들은 그런 이진원의 명령에 아무 말 없이 밖으로 나갔다.

부하들이 모두 나가고 이진원은 다시금 김병두와 통화에 집중했다.

"아무래도 우리가 생각하는 것 이상으로 위험한 놈 같습니다."

김병두에게 자신들이 생각한 것보다 위험 요소가 더 크다는 것을 강조하며 대책을 세워 줄 것을 요구했다.

사실 원래 계획은 특수부대 교관이란 것을 알고 조카를 인질로 삼아 편하게 일을 마무리하려고 했다.

하지만 인질로 잡고자 했던 수진이 한국이 아닌, 미국에 있다는 것을 알게 된 뒤 계획을 수정했다.

설마 혼자서 다수인 자신들을 막을 수는 없다고 판단해 느긋하게 생각을 했는데, 지금 건물을 올리는 소리를 들어 보니 그자는 인간이 아닌 괴물이었다.

◈　　◈　　◈

대한민국 국군의 심장인 계룡대의 육군 본부 은밀한 곳에 몇 명의 장성들이 모여 있었다.

그리고 그 앞에 장성들을 모시고 최세창 중령이 뭔가를 발표하고 있었다.

"지금 앞에 놓인 문건은 저희 정보사령부에서 국내외의 전 방위적인 정보 수집을 통해 정리한 자료입니다."

최세창 중령은 프로젝션을 가동해 자료를 띄워 설명을 했다.

"여기 이곳을 보며 과거와 현재의 변화를 알 수 있습니다."

하얀 벽면에 프로젝션으로 영상을 띄우고 손에 든 포인터로 짚으며 설명을 하는데, 최세창 대령이 포인터로 뭔가를 가리킬 때마다 장성들은 인상을 찌푸렸다.

최세창 중령이 보여 주는 자료는 현재 군이 수행하는 각종 작전에 대한 보안 수준에 대한 보고였기 때문이다.

그런데 위에서부터 아래까지 썩은 내가 풀풀 풍기는 것이, 대대적인 사정 작업을 해야 군이 정상적으로 본연의 임무를 수행할 수 있을 정도였다.

그런데 뒤이은 화면에 나타난 자료에는 장성들이 하나같이 화를 냈다.

그 이유는 일부 군 장성이 누군가와 만나고 있는 모습이 찍혀 있었기 때문이다.

물론 군인이라고 해도 개인적으로 누굴 만날 수도 있다.

하지만 그게 정치적인 이유로 인한 것이라면 문제의 소지가 있었다.

사진 속 인물은 정부 여당의 국회의원으로 상당한 정치적 기반을 가지고 있는 중진 의원이다.

그런데 그의 성향이 무척이나 친미적인 성향을 가지고 있어 어쩔 때는 그가 미국의 국회의원인지 아니면 대한민국의 국회의원인지 의심이 갈 정도로 미국 편향적인 정책을 발의해 문제가 되고 있는 사람이었다.

더군다나 혈맹이란 이유로 국군의 첨단 무기 사업을 할 때면 나라를 위해 값싸고 좋은 무기를 도입하려는 군을 압박해 비싼 미국산 무기를 도입하게 압력을 행사했다.

최세창 중령은 그 뒤로도 계속해서 보여 주는 화면에는

군 내부 부정부패와 군 기밀 누출과 같은 자료들을 장성
들에게 보여 주었다.

최세창이 준비한 자료를 모두 본 장군들은 모두 침통한
얼굴이 되었다.

"이게 현재 우리 군의 모습이란 말인가?"

"그렇습니다. 아직 정리가 덜된 자료도 있지만, 그 안
에는 더욱 심각한 문제도 있습니다."

"더욱 심각하다니?"

"그것이……. 12년 전 흑룡 1팀과 흑룡 2팀이 투입된 작
전이 사전에 북한에 노출이 된 사건 있지 않습니까?"

최세창은 12년 전에 특전사의 최정예 두 개 팀이 전멸
한 작전에 대해 언급을 했다.

그때 당시 유일한 생존자는 바로 성환이었다.

사전에 작전이 북한군에 노출이 되어 전멸한 사건이
다.

북한의 비밀 핵 시설을 파괴하기 위해 북한에 침투했던
특수부대원들은 기다리고 있던 북한군 두 개 군단에 의해
토끼몰이를 당하며 죽어 갔다.

다행히 성환은 쫓기는 와중에도 기량을 발휘해 북한군
을 피하며 백두산에 지진이 발생하여 땅속으로 빨려 들어
가는 바람에 무사할 수 있었다.

아무튼 당시 작전 실패에 대한 많은 논란이 있었다.

바로 대한민국 특수부대의 작전 능력에 대한 의심도 있었고, 또 일부에서는 국군과 비슷한 시기에 같은 목표를 가지고 작전을 했던 미군에서 자신들의 작전을 성공하기 위해 한국의 특수부대를 미끼로 활용했다는 소문도 있었다.

물론 일부에서는 진상 규명을 하기 위해 조사위를 추진해야 한다는 목소리도 나오긴 했지만 괜히 한미동맹에 악영향을 끼칠 것 같아 흐지부지된 일이 있다.

세창은 그 일을 상기시키며 말을 하였다.

"저희 정보사령부에서는 특별팀을 꾸려 그동안 그 사건에 대하여 진상을 조사했습니다. 그리고 일부 소문이 사실이었다는 증거를 확보했습니다. 그 증거는⋯⋯."

세창은 스크린에 또 다른 화면을 띄웠다.

그 화면에는 당시 작전사령부 소속 장성이 주한미군 사령관과 만나는 장면이 찍혀 있었다.

자리에 있는 장군들이 화면을 주시하자 최세창은 다시 무언가를 조작했다.

그러자 실내에 있는 스피커에서 말소리가 들렸다.

어색하고 딱딱한 영어와 유창한 미국식 영어를 하는 사람이 대화를 하는 내용이었다.

대화 소리가 들려오자 이 자리에 있는 사람들은 어색한 영어를 사용하고 있는 사람이 누구인지 알 수 있었다.

지금은 예편한 국군 작전사령부 부사령관이었던 이상덕 중장이었다.

친미성향의 그는 평소에도 대한민국은 미군을 옆에서 보조만 하면 평화를 얻을 수 있다고 말하고 다니던 사람이었다.

그리고 미군에게서 전시 작전권을 가져오는 것에 대하여 강도 높게 비판을 한 사람이기도 했다.

미군이 없으면 금방이라도 전쟁이 날 것이란 걱정을 하던 이가 바로 이상덕 중장이었다.

설마 그렇다고 해도 같은 대한민국 군인을 희생해 동맹국을 도왔다는 것이 도저히 믿기지 않았다.

하지만 녹음된 파일에서 흘러나오는 대화 내용에는 당시 국군에서 수립한 작전 계획이 고스란히 들어 있었다.

아무리 동맹국 파견군 사령관이라고 하지만 이는 있을 수 없는 반역 행위였다.

"허허, 우리군의 기강이 이렇게나 무너졌었다니……."

이기섭 참모총장은 스피커에서 흘러나오는 대화 내용을 들으며 개탄(慨歎)했다.

최세창은 분위기가 자신이 의도한 대로 흘러가자 눈을 반짝였다.

현재 군에 대한 국민들의 인식이나 일부 정치인들이 생

각하는 대한민국 군의 위상은 사실 말이 아니었다.

일부 국회의원은 군인을 집 지키는 개와 비교를 하며 인간 이하의 취급을 하기도 했다.

나라를 위해 숭고한 희생을 한 것에 대한 보상 차원에서 공공기관 취업 시험에서 군대를 다녀온 이들에 한해 군 가산점을 부여하는 문제에서도 그렇다.

마치 자신들의 주장이 온 국민의 생각인양 그들은 눈에 쌍심지를 켜고 입에는 거품을 물며 결사반대를 했다.

남들 다가는 군대를 다녀온 것이 무슨 자랑이냐며, 그것에 가산점을 부여하는 것은 형평성에 문제가 있다는 주장이었다.

그러면서 여자는 아기를 낳으니 그럼 여자도 가산점을 달라는 어처구니없는 주장을 하기도 했다.

남자들의 군대는 의무이고 여자들의 임신은 선택이지 않은가?

이 둘은 비교 대상이 아닌 것이다.

그리고 임신은 여자 혼자서 하는 것이 아니지 않은가?

그런데도 당시 어떤 장관들은 말도 되지 않는 억지를 부리며 군 가산점 문제를 논점을 흐리며 무효화시켰다.

그렇다고 그들의 자녀가 군대에 입대한 것도 아니었다.

그들의 자식들은 어떤 결격사유가 있었는지 모두 면제 판정을 받았다.

그러니 지금 이 자리에 있는 장군들의 표정이 좋지 않은 것이다.

일반인들이 군대를 곡해해 본다면 군인들이 자신들을 뒤돌아보고 또 이를 바로 잡으려 노력을 해야 하는데, 일부 장성들이 그것을 동조해 사익을 취하며 군내 비밀을 외부에 알리는 등 파렴치한 매국 행위를 한 것이 확인되었다.

이는 조치가 필요한 문제였다.

군사작전을 하다 보면 희생이 나올 수도 있다.

모두가 무사히 돌아온다면 정말로 좋은 일이지만, 불가피하게 위험한 작전에 들어간 이들이 무사히 돌아오길 바라는 것은 무리한 욕심이다.

하지만 그 희생이 작전의 실패에 의한 불가피한 희생이 아닌, 아군에 의한 보안 의식 희박 또는 이적 행위로 인한 희생이라면 이야기가 달라진다.

이 문제는 꼭 짚고 넘어가야만 하는 문제로 대두되는 것이다.

장군들이 이렇게 그 문제에 관해 서로 자신의 주변에 있는 장군들과 대화를 하고 있을 때 최세창은 다시 프로젝션을 작동해 시선을 모았다.

쯔―

딸칵!

화면이 넘어가는 소리에 떠들던 장군들의 시선이 모이자 최세창은 화면에 대해 설명했다.

"이건 제가 개인적으로 작성한 문건입니다."

그렇게 말을 했지만 지금 발표하려는 자료는 결코 최세창 혼자 준비한 자료가 아니었다.

많은 이들이 이것을 만들기 위해 정보를 수집하고, 또 분석하고, 보완해 작성한 것이다.

대한민국을 개선하고 부정부패를 척결해 깨끗한 대한민국, 참된 군을 만들기 위해 준비했다.

"사실 제가 발표하려는 것은 새로운 것이 아닙니다. 우리 선배들이 조국을 위해 행했었고, 또 개인의 영달을 위해 오용해 비판을 받기도 했지만, 그렇다고 모두 잘못된 계획은 아니었다고 생각합니다. 그래서 전 이 자리에서 다시 한 번 삼청(三淸)의 뜻을 세웠으면 합니다."

최세창의 발표가 끝나고 실내는 정말이지 아수라장으로 바뀌었다.

사실 군이 지금의 위치로 떨어지는 데 많은 공헌을 한 사건이 바로 방금 전 최세창이 말한 삼청이란 것이었다.

일명 삼청교육대라 불리는 그것은 처음 세워진 뜻은 좋았다.

사회에 만연한 부정부패를 척결하고 범죄를 예방하자는

취지로 만들어졌다.

군은 물론이고 경찰과 검찰까지 동원되어 당시 범죄자들을 검거했다.

그렇게 범죄자들이 사회에서 격리되었을 때 많은 사람들이 환호를 했었다.

단호한 정부의 조치에 그동안 범죄자들에게 고통을 받던 사람들은 환호와 박수를 보냈다.

하지만 어느 사회나 비리가 있는지 비리척결을 기치로 내세웠던 국가 보위 비상 대책 위원회—국보위—도 내부의 부패로 무고한 희생자가 나오면서 역사의 오점을 찍었다.

그런데 지금 그 이름이 다시 나오자 장성들의 표정이 제각각이었다.

어떤 사람은 찡그리고 어떤 이는 입을 굳게 닫고 무표정하게 있었다.

이 순간만큼은 최세창 중령도 긴장을 하였다.

자신의 말이 먹힌다면 대한민국은 새로운 전기를 맞이하게 될 것이다.

하지만 만일 자신의 의견이 받아들여지지 않을 경우 어쩌면 최세창은 옷을 벗어야 할지도 몰랐다.

그랬기에 지금 최세창은 겉으로는 표현하지 않았지만 무척이나 긴장하고 있었다.

그런 위험을 감수하면서도 최세창은 이번 일을 감행했다.

그리고 최세창이 이런 일을 계획한 데에는 이유가 있었다.

자신의 동기인 정성환 대령이 그동안 보여 준 능력을 보건데 자신의 계획대로만 된다면 정말이지 대한민국을 바꾸는 것에 성공할 것이기 때문이다.

군과 사회 밑바닥에서부터 부정부패를 정화하고 그 힘을 기반으로 정부와 사법부 그리고 국회의원들이 있는 입법부까지 정화한다면 대한민국은 개발도상국에서 선진국으로 온전하게 들어설 것이다.

국민을 선도해야 할 지도자들이 개인의 사욕을 채우기 위해 외면했던 국가의 발전을 그렇게 이룩할 생각이다.

그러기 위해서는 지금 이 자리에 있는 장군들을 설득을 해야만 했다.

그리고 지금 이 순간에 자신이 할 수 있는 일은 그저 장군들이 진정을 하고 자신의 생각을 물어 오길 기다리는 것뿐이다.

◈　　◈　　◈

한편 독사의 지시로 일층 로비로 내려간 창근은 고개를 갸웃거렸다.

평소라면 동생들의 수다 때문에 조금은 소란스러운데 오늘은 이상하게 쥐죽은 듯 조용했기 때문이다.

"아니, 이 자식들이 다 어디 갔나?"

평소 지하에 있는 술집에 관심이 많은 동생들이라 혹시 그곳에 놀러 간 것은 아닌가 하는 생각이 들었다.

하지만 오늘 같은 날에 그런 짓을 했다가는 어떤 치도 곤을 당할 것이 빤하니 그러진 않을 것이라 생각하며 이상하게 생각했다.

비록 자신이 독사에게 밑에서 일고 있는 소란에 대해 알아 오라는 지시를 받았지만 그리 심각하게 생각하지 않았다.

감히 강남에서 자신이 속한 진원파를 습격할 간 큰 조직은 없기 때문이다.

더군다나 이곳은 진원파의 본거지인 진원 빌딩이 아닌가.

다른 조직과 다르게 진원파는 넘버 2와 넘버 3가 항시 이곳 진원 빌딩에 상주하고 있기 때문에 감히 다른 조직에서 진원파를 넘볼 수가 없었다.

창근은 느긋하게 엘리베이터 앞을 나와 주변을 살폈다.

그리고 곧 뭔가 잘못되었다는 깨닫기까지 오랜 시간이 걸리지 않았다.

활짝 열려 있어야 할 현관 앞이 철제 셔터로 굳게 닫혀 있었다.

이는 있을 수 없는 일이었다.

빌딩이 건축 당시에 설치된 물건이기는 하지만 자신들은 조폭이 아닌가.

조폭은 24시간 언제나 대기를 하고 있는 관계로 문은 24시간, 365일 열려 있다.

그런데 오늘 누군가에 의해 셔터가 내려진 것이다.

그리고 뿐만 아니라 자세히 보니 장식을 위해 가져다 놓은 화분들 사이, 언 듯 사람의 모습이 보였다.

가까이 다가가 자세히 살펴보니 일층 로비를 지키는 동생들이었다.

그런데 그들은 누군가에게 공격을 당했는지 정신을 못하고 기절해 있었다.

"형님! 독사 형님!"

─찌직, 무슨 일이야!

"여기 일층인데 애들이 누군가에게 당한 것 같습니다. 출입구는 셔터가 내려져 있고, 애들은 모두 당해서 기절했습니다."

─뭐야! 이층도 한 번 확인해 봐!

"예, 알겠습니다."

창근은 독사에게 보고를 하고 바로 이층으로 올라갔다.

창근도 뭔가 이상한 생각이 들어 빠르게 뛰어 올라갔다.

그리고 그의 눈에 들어온 것은 이층 복도 여기저기 널브러진 동생들의 모습이 한눈에 들어왔다.

"형님! 이층도 전멸입니다."

창근은 자신이 확인한 것을 바로 보고했다.

❖　　❖　　❖

"알았다. 넌 지하에 연락해 습격당했다고 해라!"

습격을 당했다는 소식을 듣고 얼른 빌딩 지하에 대기하는 조직원들을 소집하게 지시를 내렸다.

그리고 자신의 옆에 있는 작두를 보며 말했다.

"넌 연장 좀 꺼내 대기해라!"

"알았습니다, 형님!"

독사는 작두에게 말을 하고 자신은 안에 있는 두목 이진원에게 보고를 하기 위해 사무실로 들어갔다.

그런데 문을 열고 들어가려던 독사는 사무실로 들어가지 못했다.

독사가 들어가지 못한 이유는 안에 대기하고 있던 동생

들이 밖으로 나오는 바람에 그리된 것이다.

"무슨 일인데 다 나오는 거야?"

너무도 이상해 독사가 물었다.

그러자 동생들 중 한 명이 말을 했다.

"회장님이 다 나가랍니다."

대답을 하는 것이 뭔가 불만이 있는지 삐딱하니 가시가
있었다.

"무슨 일이냐?"

독사는 뭔가 또 사단이 일어난 것 같아, 낮은 목소리로
물었다.

이럴 때면 그가 얼마나 무서운지 알고 있는 남자는 조
금 전과 다르게 진지하게 조금 전 사무실 안에서 이진원
이 자신에게 했던 지시를 그대로 말했다.

모든 이야기를 들은 독사는 어이가 없었다.

무슨 동네 꼬마도 아니고, 조직의 본거지가 의문의 적
에게 습격을 당했는데, 경찰에 신고를 한다니 이게 말이
나 되는 소린가?

만일 이 일이 주변에 알려지기라도 하면 자신들의 위신
은 땅바닥에 떨어질 것이 분명했다.

남자의 말을 듣고 심각하게 얼굴이 굳어지는 독사 하지
만 뒤에 있던 단순 무식한 작두는 눈을 크게 떴다.

자신이 아무리 배운 것이 없어 무식하다는 소리를 듣지

만 방금 같이 황당한 소리는 처음 들었다.

아니, 조직폭력배가 습격당했다고 경찰에 신고를 한다고 하니 참으로 기가 막혔다.

참으로 신선한 농담이었다.

"그게 참말이여?"

작두는 그동안 무식해 보이지 않기 위해 억지로 사투리를 쓰지 않고 있었는데, 너무나 황당해 자신도 모르게 사투리가 튀어 나왔다.

"방금 그 말이 참말이냐고!"

"그렇습니다, 작두 형님. 방금 회장님 지시로 제가 강남경찰서에 전화했습니다."

"왔다! 나가 그리 오래 살기는 오래 살았는 갑소. 요로코롬 황당한 소리를 듣고……. 형님, 이게 건달이 할 소리요?"

복도에는 작두의 큰소리만 울렸다.

독사는 작두의 거친 소리를 듣고도 무표정하게 굳은 표정을 풀지 않았다.

그도 너무 황당해 말할 건더기가 없었기 때문이다.

이렇게 복도에서 방금 전 이진원이 사물실 안에서 한 일로 소란스러울 때, 어느새 조금 전까지 울리던 쿵쿵거리는 소리가 멎어 있었다.

하지만 독사나 작두 그리고 복도에 있던 조폭들은 그런

변화를 깨닫지 못하고 있었다.

다만 지금 자신들의 정체성이 뭔지 심각하게 고민하고 또는 서로 앞으로의 일에 대한 이야기로 시끄러웠다.

9.
뜻밖의 제안

원수 중 한 명인 이진원이 있다는 최상층에 도착을 했다.

역삼동에 있는 건물 치고는 높지 않은 칠층의 건물이지만 그 안에 상주하고 있던 진원파의 조직원은 상당했다.

비록 지금 시간이 밤 시간이라고 하지만 50여 명의 깡패들이 모여 있었다.

한층, 한층 오르며 깡패들을 처리하고 올라왔기에 더 이상 방해자는 몇 명 없을 것이라 예상한 성환은 계단을 통해 최상층에 올랐다.

그런데 생각보다 많은 깡패들이 복도에 있었다.

더욱이 그들의 면면을 살펴보니 아래층에 있던 자들보

다 분위기면에서 상당한 차이가 있어 보였다.

10여 년을 홀로 수련을 하고 또 특수부대원들 가르치다보니 사람을 보는 안목이 늘어나 보기만 해도 그 사람의 성격이나 역량을 알 수 있었다.

그리고 지금 복도에 모여 있는 자들 중 몇몇은 수라장(修羅場)을 경험한 자들 같았다.

아니, 모든 사람들이 최소 한 번 이상은 그런 전장을 경험한 듯 얼굴가득 살기가 비쳤다.

그중에서도 가운데 있는 조금은 마른 듯한 몸매에 날카로운 인상을 가진 남자와 그 옆의 키가 190은 되어 보이고 허리는 곰 같은 자가 가장 뛰어났다.

그 둘을 빼면 그래도 고만고만해 보이기는 했다.

'저들이 이곳의 정예들인가 보군.'

성환은 복도에 있는 작두나 독사를 보며 그들이 이곳에서 한자리 차지하는 실력자라 생각했다.

하지만 그렇다고 자신의 걸음을 막을 정도란 생각은 들지 않았다.

솔직히 지구상에 무공을 익힌 자신의 행보(行步)를 막을 수 있는 이가 있을지도 의문이었다.

소설이나 영화에나 나올 법한 사람이 바로 자신이지 않은가.

이미 인간 외의 존재가 되어 버린 자신이기에 솔직히

모든 것이 허무했다.

자신이 이런 힘에 취해 자신의 수련에게 몰두하지 않고 누나와 조카인 수진에게 조금만 신경을 썼더라면 그런 일은 일어나지 않았을 것인데, 너무 자신만 생각했기에 이런 불행이 닥친 것이라 생각되었다.

분명 백두산의 선인(先人) 자신이 준 것을 민족을 위해, 많은 사람들을 위해 사용하라고 했었다.

그것을 성환은 자신의 임의로 해석해 힘을 가질 때까지 숨기기로 했었다.

힘이 있어야 선인의 뜻을 펼칠 수 있다는 생각에 지기 암시를 걸어 그렇게 수련에 몰두했다.

그런 생각이 누나와 조카에게 씻을 수 없는 고통을 안겼다.

성환은 그렇게 생각해 자신이 가지는 죄책감을 조금이라도 털어 버리기 위해 수진의 안전에 최선을 다하는 것이다.

현재 가장 위협이 되는 이진원만 처리하면 남은 김병두나 이세건은 별 문제가 아니었다.

비록 그들이 가진 힘이란 것이 최만수나 이진원과 같은 폭력이 아니라 좀 꺼려지긴 했지만 그도 별 문제가 되지 않을 것이라 생각했다.

막말로 아무리 큰 권력(勸力)이나 금력(金力)을 가지고 있다고 해도, 죽은 뒤에는 아무 소용이 없는 것이다.

간단하게 최만수에게 했던 것처럼 몰래 찾아가 암살을
해 버리면 간단한 일이었다.

자신은 누구에게도 들키지 않고 침입해 암살을 할 수
있는 능력이 있지 않은가?

물론 그런 이들이 자신의 힘을 자각하고 사용하면 꽤
귀찮은 일이 발생할 수도 있지만 일반인인 조카는 그런
이들보다 최만수나 이진원 같은 깡패들의 위협이 더욱 위
협적으로 다가온다.

그래서 성환이 가장 처음 최만수를 찾아간 것도 사건의
진실을 알려는 것도 있지만, 그가 수진이 소속된 기획사
의 지분을 가지고 있고, 또 무력도 가지고 있어 수진에게
가장 위협이 되기 때문이었다.

그러했기에 가장 먼저 그를 제거한 것이다.

그런데 그 다음에 이진원을 찾지 않은 것은 성환이 수
진의 사고를 조사하면서 최만수의 만수파는 조사를 했지
만 이진원의 진원파에 관해서는 알아보지 않았기 때문이
다.

그래서 진원파를 조사할 시간을 벌면서 그 일과 관련된
자들을 벌하기 위해 우선 판사들에게 갔던 것이다.

오늘은 진원파에 대해서도 모두 파악이 되어 이렇게 주
변을 치기보단 핵심인 본거지를 쳐 단숨에 이진원을 끝장

낸다는 계획이다.

모든 것을 철저히 계획하고 실행하는 성환은 복도에 있는 적도 실력 파악이 모두 끝나 더 이상 지켜볼 이유가 없자 바로 몸을 복도에 내보였다.

"적이다!"

복도에 있던 깡패 중 한 명이 복도로 나오는 성환의 모습을 보며 소리쳤다.

그러자 모든 사람들의 시선이 성환에게로 쏠렸다.

이때 독사는 적이 한 명이라는 것에 눈을 반짝였다.

"다른 자들은 어디에 있지?"

자신들의 앞에 혼자 모습을 보이자 독사는 성환이 동료를 다른 곳으로 보냈다 생각한 것이다.

그리고 그런 것이 일반인들이 생각하는 상식에 맞는 일이기도 했다.

이 빌딩 안에는 80여 명의 조직원들이 상주하고 있다.

그리고 지금 이곳까지 계단을 통해 올라온 것으로 봐 적어도 50명 이상은 상대했을 것이다.

상식적으로 사람은 그 정도의 숫자를 감당할 수가 없다.

혹자는 17 : 1이니 하며 과장되게 자신의 실력을 미화하지만 그게 다 뻥이란 것을 이 자리에 있는 이들 중 모르는 이가 없었다.

사실 이 자리에 있는 이들만 해도 어려서부터 동네에서 싸움 좀 해 봤다고 하는 이들이다.

독사는 그런 자신도 세 명만 붙어도 막기 급급한데, 50명이라니…….

이는 상식적으로 도저히 말이 되지 않는 일이다.

그래서 독사는 상식적인 시선에서 성환에게 물었다.

하지만 성환은 자신의 복수에 그 누구의 도움도 원하지 않았다.

막말로 자신이 가르친 S1 대원들이 자신의 사정을 듣고 돕겠다고 말을 했을 때도 거절을 했다.

그들은 국가를 위해 양성한 이들이지, 자신의 개인적 복수를 위해 키운 존재들이 아니기 때문이다.

엄청난 자금을 들여 고대의 비법으로 양성했다.

그들이 성환을 돕는다면 복수는 물론이고 전국 통일도 가능했다.

하지만 그러지 않았다.

복수는 자신의 것.

"너희를 상대하는 데 나 혼자면 충분하다."

성환의 말을 들은 독사나 작두 그리고 복도에 있던 깡패들은 기가 막혔다.

자신들이 누구인가?

대한민국 내에서도 다섯 손가락 안에 드는 대 조직이다.

아니, 실력으로만 따진다면 세 손가락 안에 들어갈 것이다.

그러했기에 강남을 평정할 수 있었다.

다만 강남 일부를 만수파에 넘겨준 것은 최만수의 뒤에 여당의 괴물이 버티고 있기 때문이었다.

그런데 지금 이제 겨우 20대 중후반으로 보이는 젊은이가 객기를 부리고 있었다.

이는 모두 성환이 겉으로 보이는 동안의 외모 때문에 벌어지는 일이었다.

인간은 나이가 들면 나이에 비례해 피부도 나이를 먹어야 남들이 대우를 해 주는데, 성환은 원래 동안을 타고난 것에 더해 무공을 익히면서 신체가 더욱 활력이 넘치며 젊음을 유지했다.

그러니 지금 깡패들은 성환을 자신들보다 나이가 많다는 것도 모르고 젊은 객기에 이곳을 쳐들어온 것이라 생각했다.

"누가 손 좀 봐 줘라! 그리고 민수와 재근이는 창근이가 애들 데려오면 같이 내려가 나머지 처리해라!"

독사는 성환의 이야기를 믿지 않고 아직 밑에 층에 성환이 데려온 동료가 있을 것이라 판단해 지시를 내렸다.

독사가 넘버 3인 작두를 보내지 않은 것은 그래도 성환 혼자 이곳에 온 것을 보면 뭔가 믿는 구석이 있기 때문이라 판단하고 남긴 것이다.

한편 성환은 이들이 하는 것을 지켜보다 자신이 기다려 줄 필요가 없다는 생각에 빠르게 깡패들이 모여 있는 곳으로 뛰어갔다.

그것을 본 깡패들은 이미 준비를 하고 있었기에 들고 있던 연장을 들어 성환을 겨눴다.

"하!"

성환이 다가오자 깡패는 기합을 지르며 들고 있던 연장을 휘둘렀다.

각자 주 무기로 사용하는 무기들이 다르기에 누군 28cm의 사시미를 들었고, 또 어떤 이는 휴대가 간편한 버터플라이 나이프를 들고 성환에게 마주 달려들었다.

개중에는 특이하게 목검을 들고 있는 깡패도 있었는데, 들고 있는 모습이 어려서 검도를 배운 티가 났다.

아무튼 깡패들이 자신을 향해 마주 달려오자 성환은 눈을 반짝였다.

아래층에서 싸워 본 조폭들과 다르게 이들에게선 사람을 죽이고자 하는 결의가 보였다.

이미 한두 번 사람을 죽이거나 사람을 상대로 무기를 휘둘러 본 경험이 있는 듯 망설임이 없었다.

그런 깡패들을 보며 성환은 이전과 다르게 이들은 손을 과하게 쓰기로 했다.

이미 인간의 피 맛을 아니 그냥 두고 볼 필요가 없었다.

군인은 지키기 위해 어쩔 수 없이 무기를 손에 든다.

그런데 이들은 자신의 이득을 위해 상대를 위협하고 말을 듣지 않으면 폭력을 휘두르고 심하면 흉기를 휘둘러 목숨을 위협한다.

그리고 지금 이 자리에 있는 이들은 사람을 죽여 본 듯 망설임이 없는 모습에 성환도 과감하게 처리하기로 했다.

비록 자신의 복수의 대상은 아니지만 그냥 두기에는 극히 위험하고 또 사회에 도움이 되지 않았다.

그렇지만 성환은 과감하게 손을 쓰면서도 칼과 같은 흉기를 든 이들은 망설임 없이 죽음의 손길을 선사했지만, 야구방망이 같이 고통만 주는 둔기류를 든 깡패는 무기를 든 손의 뼈를 부러뜨리는 것으로 끝냈다.

이는 둔기를 든 이들의 몸에서 그나마 피 내음이 덜났기 때문이다.

위협은 할지언정 살인은 하지 않은 부류였다.

이런 것을 귀신같이 구분해 손을 썼다.

성환이 과감하게 손을 쓰자 복도에 있던 10여 명의 깡패들은 금방 바닥에 쓰러졌다.

그리고 자리에 작두와 독사만 남기까지 시간은 그리 오

래 걸리지도 않았다.

딱 일 분.

그것도 좁은 복도라 그리 시간이 걸린 것이지 넓은 공간이었다면 일 분도 걸리지 않았을 것이 분명했다.

이유는 한 명에 딱 한 번의 손길이면 끝이었기 때문이다.

일제시대 조선의 주먹이 강하다는 것을 증명했던 김두환의 별명처럼 단 한 방에 모두 나가 떨어졌다.

독사는 지금 자신의 눈을 의심했다.

절대로 있을 수 없는 일이 방금 전 눈앞에 펼쳐졌다.

어떻게 전국에서도 통하는 주먹들 10여 명을 맨손으로 단시간에 처리할 수 있는지 믿기지 않았다.

"형님! 저놈 인간이 맞습니까?"

놀라 멍하니 성환은 보고 있는 독사의 귀로 작두의 말이 들려 왔다.

확실히 독사가 생각하기에 정말로 인간 같지 않았다.

막말로 저기 쓰러진 동생들 세 명만 모이면 자신도 목숨을 걸어야 할 판인데, 이곳을 침입한 사내는 세 명도 아니고 10여 명을 모두 쓰러뜨렸다.

그것도 아무런 피해도 없이 말이다.

무슨 영화에 나오는 무술의 고수마냥 상대가 되지 않았다.

이쯤 되자 독사나 작도는 감히 성환에게 덤벼들 엄두가 나지 않았다.

더군다나 흉기를 들었던 동생들이 어떻게 되었는지 눈앞에 결과가 펼쳐져 있으니 감히 무기를 들 생각도 못했다.

바짝 얼어 있는 두 사람의 곁으로 간 성환은 잠시 그들의 얼굴을 주시하다 가볍게 명치를 한 번씩 치고 지나갔다.

비록 두 사람의 분위기가 저기 쓰러진 이들의 두목급이지만 자신에게 덤비지 않았고, 또 자신이 무턱대고 사람을 죽이는 살인마도 아니기에 기절만 시키고 이진원이 있을 사무실로 들어갔다.

자신이 이곳을 찾은 진정한 이유는 바로 이진원을 처리하려는 것 아닌가.

◈   ◈   ◈

성환이 밖에서 부하들을 처리하고 있을 때, 이진원은 안에서 밖에서 들리는 소리를 들었다.

김병두와 통화를 하면서도 귀는 계속해서 밖의 추이를 지켜보았다.

하지만 잠간 떠드는 소리가 들리는 듯했는데, 언제 그

런 소란이 있었냐는 듯 조용해지자 불안해졌다.

"거기 누가 있냐?"

밖에다 대고 소리를 질러 보았지만 아무도 대답하는 이가 없었다.

불안한 마음에 이진원은 어떻게 할 것인가 궁리를 하다 문득 예전에 구해 놓은 총이 생각났다.

총을 구하면서도 이진원은 무척이나 조심을 했다.

대한민국은 총기 규제에 관해서는 세계 어느 나라보다 심했다.

막말로 만일 총기 사고가 났을 때는 경찰이 출동을 하는 것이 아니라 군대가 나서서 수사를 한다.

그만큼 총기에 관해서는 과민 반응을 보이는 것이다.

사실 이것도 알고 보면 권력자들이 자신의 안전을 위해 그런 조치를 취한 것이다.

미국처럼 총기 소유가 자유로우면 권력자들이 자신의 안전에 큰 위협을 느낄 것이니 그러하였다.

아무튼 대한민국에서 총을 구할 창구는 두 군데가 있다.

인천과 부산이다.

이 두 곳은 국제항이라는 공통점을 가지고 있는데, 인천은 주로 중국제 총기가 밀수되는 루트이고, 부산은 러시아제 무기가 밀수되는 창구이다.

이는 인천항으로는 중국인들의 입국이 많았고, 부산은 러시아 상선들이 들어오기 때문에 그러하였다.

이진원은 불량품이 많은 중국제보다는 중고이기는 하지만 러시아제 정품 권총이 불량이 적다는 이야기를 들었기에 러시아 선원을 통해 토가레프 TT-33 권총을 구입하였다.

요즘 권총들에 비해 장탄 수나 구경이 작은 것이 흠이기는 하지만 꽤 잘 만들어진 권총이다.

뭐, 권총이라는 것이 꼭 구경이 커야 사람을 죽일 수 있는 것도 아니고 또 한국에서는 권총을 가지고 있는 것만으로도 충분히 목적을 이룰 수 있기에 마지막 보험으로 조직들은 한두 자루 구입을 하기도 한다.

막말로 한국의 조폭들 사이에서는 총기는 나라로 치면 핵무기처럼 보유만으로 억제력을 가지는 전략적 무기다.

아무튼 이진원은 불안한 마음에 금고에 넣어 둔 권총을 꺼내 들었다.

그리고 문을 향해 겨눴다.

이진원이 문을 겨누기 무섭게 문이 열리며 사람이 들어왔다.

그런데 자신의 사무실로 들어온 사람의 얼굴을 확인한 이진원은 깜짝 놀랐다.

이진원이 놀란 이유는 사무실로 들어온 이가 자신이 알고 있는 사람이기 때문이었다.

"아니 너는……?"

사무실로 들어온 이는 바로 자신이 의뢰를 한 청부업자였다.

재판이 끝나고 술자리에서 흥이 돋은 상태에서 김병두가 자신들을 번거롭게 만든 최신규와 수진 모녀에 대한 청부였다.

연락이 되지 않던 청부업자가 자신의 사무실로 들어오자 이진원은 인상을 찡그리며 물었다.

"그동안 왜 연락을 끊은 거지?"

"……?"

"분명 모든 의뢰가 마무리되어야 잔금을 치른다 하지 않았나!"

성환은 자신을 보며 이진원이 하는 말을 이해할 수가 없었다.

자신이 신분을 숨기기 위해 이곳에 침투하기 전 변장을 했는데, 그 얼굴을 잘 알고 있는 듯 말을 하는 이진원을 보며 자신이 모르는 뭔가 있다는 생각에 조용히 그의 말을 들었다.

"아직 그 계집과 기획사 사장이 남았다. 마저 처리하지 않으며 난 잔금을 줄 생각이 없다."

이진원은 성환을 자신이 살인 청부를 한 박원춘으로 착각을 하며 말을 하였다.

그리고 조금 전 그렇게 긴장해 권총까지 빼 들었던 자신이 바보처럼 느껴졌다.

하지만 지금 이 자리에 있는 것은 이진원에게 살인 청부를 받은 박원춘이 아닌 피해자의 가족인 성환이었다.

그런데 지금 눈앞에서 이진원이 자신의 입으로 범죄를 시인하는 말을 하고 있는 모습을 지켜보던 성환은 눈에 불이 번쩍했다.

"난 정말 그들을 말리고 싶었어! 하지만 내 힘으로는 그들을 막을 수가 없었다."

성환의 귓가에는 며칠 전 자신의 손에 죽은 최만수가 했던 말이 메아리처럼 울렸다.

공범이 아닌 실질적인 진범 중 한 명이 자신의 입으로 범죄 사실을 털어놓는 장면을 목격한 성환은 이를 악물며 쥐어짜듯이 말을 했다.

"큭큭큭, 그 말이 사실이었군! 죽은 최만수가 그랬지. 자신은 막고 싶었지만 막을 힘이 없었다고. 국회의원인 김병두와 강남의 보스인 이진원이 자신의 만류에도 불구하고 밀어붙였다고."

이진원은 성환의 말을 듣다 이상함을 느꼈다.

말이 이상했다.

살인청부업자인 박원춘의 입으로 뭔가 핀트가 맞지 않는 소리를 하고 있었기 때문이다.

더욱이 박원춘은 그 의뢰가 자신에게서 내려진 것이라고만 알고 있다.

그런데 어떻게 최만수를 알고, 김병두를 알고 있는 것인지 의아했다.

그러다 뭔가 깨달은 이진원은 눈을 부릅뜨며 놀랐다.

"너, 넌!"

"그래, 난 네가 죽이라고 시켰던 여자의 하나뿐인 동생이다."

성환은 말을 하면서 얼굴 근육에 내공을 운영하던 것을 멈췄다.

그러자 뭉쳐 있던 근육이 풀리면서 본래의 얼굴로 환원이 되었다.

성환의 얼굴이 환원되는 과정을 앞에서 지켜보던 이진원은 깜짝 놀랐다.

인간의 얼굴이 저절로 움직여 변화를 하는 모습을 영화가 아닌 실제로 보게 되었다는 것에 경악을 금치 못했다.

'괴물!'

이진원은 머릿속에 괴물이란 단어가 떠올랐다.

보통 사람이 보기에 얼굴을 바꾸는 것은 정말로 괴물이라는 표현밖에 떠올릴 수가 없었다.

그런 생각이 되자 이진원은 머릿속에 경고등이 울렸다.

'이대로는 죽는다.'

최만수가 그랬고, 재판에 관계된 판사들이 죽었으며, 또 아이들의 변호를 맡았던 김인수 변호사가 죽었다.

비록 그들의 죽음은 모두 심장마비 내지는 약물중독에 의한 쇼크사라 판결났지만 이 모든 것이 저 괴물의 짓이란 것을 직감적으로 알았다.

이진원은 잠시 내려놓았던 토가레프 권총을 들어 성환을 겨냥했다.

"네가 알지 말아야 할 비밀을 알게 되었으니 이만 죽어 줘야겠다."

손에 권총이 들리니 다시 자신감을 찾은 이진원은 성환을 향해 권총을 발사했다.

탕!

토가레프에서는 뿌연 건 스모크를 뿜으며 총알이 발사되었다.

하지만 총알은 이진원의 바람을 들어주지 않았다.

그도 그럴 것이 이진원은 권총을 사긴 샀지만 써 볼 기회가 없었다.

영점을 잡을 겨를도 없었고, 또 대한민국에서 권총 사격을 자유롭게 할 만한 장소가 몇 없었기 때문에 이진원은 사격에 관해선 경험할 수가 없었다.

다만 지금 권총을 쏠 수 있던 것도 사실 총을 구입하러 갔을 때, 권총을 판 러시아 선원이 총을 발사하는 요령을 알려 줬기에 지금 이렇게 발사를 할 수 있던 것이다.

막말로 군대도 갔다 오지 않은 이진원이 권총이 있다고해서 영화에서처럼 발사하면 목표를 맞출 수 있는 것은 아니었다.

영점도 잡지 못한 권총 거기에 성환은 엄청난 무술의 고수였다.

총구의 방향만 봐도 총알이 어디로 날아올지 파악할 수있으며, 또 보지 않더라도 소리만으로도 충분히 총알의 궤도를 알 수 있었다.

그러지 지금 이진원이 들고 있는 권총은 성환에게 전혀 위협이 되지 않는 물건이었다.

그런 것도 모르고 이진원은 겨우 권총 한 자루 쥐고 있는 것으로 안심하고 그것을 넘어 방심을 하고 있었다.

피식!

성환은 총을 들고 거들먹거리는 이진원을 보며 자신도 모르게 피식하고 웃고 말았다.

토가레프TT-33 정도의 총으로는 자신이 맞는다고 해도 위협이 되지 않는다.

이미 내공이 피부를 방탄복 이상으로 단련을 시켰기 때문에 권총탄 정도로는 자신을 위협할 수 없었다.

"뭐가 우습지? 총이 무섭지 않나?"

자신을 비웃는 성환을 보며 이진원이 이렇게 외쳤다.

그런 이진원을 보며 성환은 짧고 단호하게 말했다.

"네가 어떤 것을 들고 날 위협해도, 오늘 이 시간, 네 운명은 정해져 있다."

성환은 선언을 하듯 그렇게 말을 하고 빠르게 이진원을 향해 다가갔다.

탕! 탕! 탕!

이진원은 성환이 자신을 향해 다가오자 들고 있던 권총을 마구 발사하였다.

하지만 발사된 총알은 그 어느 것도 성환을 맞추지 못했다.

탁! 탁! 탁!

어느새 여덟 발의 총알이 모두 발사가 되고…….

이진원은 괴물 같은 성환이 총알을 피하며 자신에게 다가오자 총알이 떨어진지도 모르고 빈 공이만 쳤다.

"이것으로 끝이다."

툭!

이진원은 무섭게 다가온 것과 반대로 너무도 장난 같은 성환의 터치에 고개를 갸웃거렸다.

하지만 그것도 잠시 온몸을 타고 전해지는 이상한 기운에 이진원은 뭔가가 잘못되었다는 것을 깨달았다.

첫 느낌은 그저 무슨 벌레가 몸을 기어 다니는 느낌이었다.

그런데 그런 느낌이 시간이 지나자 개미가 물어뜯는 느낌으로 변했다.

그 정도는 참을 만했다.

하지만 뒤이은 느껴지는 것은 점점 강도를 더해 점차 이진원이 참을 수 없는 지경에 이르렀다.

"아악! 내게 무슨 짓을 한 거야!"

"훗, 이 정도 가지고 뭘. 고통 속에서 네 잘못을 반성하며 죽어라."

성환은 사무실 바닥에 고통 때문에 벌레처럼 꿈틀거리는 이진원을 보며 차갑게 내뱉었다.

이진원이 죽어 가는 것을 지켜보던 성환의 귀에 사이렌 소리가 다가오는 것이 들렸다.

지금은 아주 먼 곳에서 들려오지만 소리는 점점 가까워지고 있었다.

아무래도 자신이 이곳에서 소란을 일으킨 것을 누군가 신고를 한 듯했다.

물론 그 신고는 이진원이 한 것이지만 성환은 설마 조폭이 경찰에 신고를 했을 것이라고는 생각하지 못했다.

누가 신고를 했건 이 자리에 자신이 계속 남아 있어 봐야 좋을 것은 없기에 얼른 자리를 피하기로 했다.

그리고 성환은 혹시나 밑으로 내려갔다가는 누군가와 부딪힐 수도 있는 관계로 계단을 타고 옥상으로 올라갔다.

옥상을 통해 옆 건물로 이동을 하려는 것이다.

성환이 있는 건물과 옆 건물 사이의 간격은 10m 정도였다.

만약 성환이 보통 사람이라면 감히 엄두도 못 낼 일이지만 성환에게는 내공이라는 반칙이 있었다.

불가능을 가능하게 만드는, 인간을 슈퍼맨으로 만드는 그 불가사의한 힘을 가지고 있는 성환은 잠시 건물 아래를 쳐다보았다.

어느새 다가왔는지 경찰차들이 진원 빌딩 입구에 정지하는 것이 보였다.

그런데 저 멀리서 더욱 요란한 소리가 들렸다.

그곳으로 시선을 돌린 성환의 눈에 얼룩덜룩한 디지털 무늬로 도색된 지프가 경광등을 켜고 달려오는 것이 보였다.

아무래도 조금 전 이진원이 발사한 총소리를 듣고 누군

가 신고를 했나 보다.

더 이상 이곳에 있을 필요를 느끼지 못한 성환은 계획대로 옆 건물로 뛰었다.

몸을 가볍게 하여 먼 거리를 이동하는 경공(輕功)을 펼쳤다.

성환이 떠난 자리엔 먼지만 휘날렸다.

◈　◈　◈

이제 남은 원수는 두 놈이 남았다.

성환은 급하게 생각하지 않고 이 두 놈은 신중하게 생각하기로 했다.

남은 자들은 기업가와 정치인이다.

이전에 상대하던 최만수나 이진원과는 다른 자들이다.

조금 더 신중하게 처리 해야만 다른 사람들이 피해를 덜 받을 것이란 생각에 며칠 시간을 두고 계획을 짜기로 했다.

듣기로 기업인 쪽이 정치인 쪽보다는 쉬운 상대이긴 하지만 그자도 배경이 만만치 않은 자였다.

자신이 운영하는 회사도 도급 순위 상위에 랭크되는 큰 건설사이고, 그의 장인이 재계 순위 안에 있는 재벌이었다.

그러니 신중하게 계획을 세우고 복수를 해야 했다.

최만수와 이진원은 그저 무력만 있는 깡패들이었기에 자신이 죽었다고 해도 사회에 그리 큰 파장이 일지는 않을 것이다.

하지만 남은 김병두나 이세건은 아니다.

작게는 그들이 관련된 단체 회사나 당이 혼란을 겪을 것이고, 크게는 관련된 기업이나 단체들에 관한 사람들의 경제활동에 지장이 발생할 것이다.

그러니 리스크가 최소한으로 유지하기 위해 철저한 준비가 필요하다.

차분히 계획을 짜기 위해 부대로 복귀한 성환 그런데 그런 성환을 기다리는 사람이 있었다.

늦은 시각 퇴근도 않고 자신의 숙소 앞에서 기다리고 있는 사람은 다름 아닌 동기인 최세창이었다.

뭔가 할 말이 있는 듯 아주 진지한 표정으로 귀가하는 자신을 보고 있었다.

"어디…… 다녀오냐?"

"그래, 일이 있어서."

"그래? 간 일은 잘 처리했냐?"

"물론이지. 그런데 넌 늦은 시간에 퇴근도 않고 뭐하고 있냐?"

"음, 네게 할 말이 있어 기다렸다."

성환이 직접적으로 물어 오자 최세창은 잠시 뜸을 들이다 말을 꺼냈다.

최세창은 아주 진지하게 성환을 쳐다보며 이야기를 했다.

"너 얼마 전에 내게 했던 이야기 생각나?"

"어떤 것?"

"그것 있잖아, 우리 군의 역할 말이다."

"그래 생각난다. 육사 시절에 했던 생각이 바뀌었다고……. 보다 적극적으로 움직여야 한다고 말이지."

"그래 그랬었지. 그런데 내가 그때 한 말 아직도 변함이 없는지 물으면 넌 뭐라 하겠냐?"

성환은 갑자기 최세창이 이상한 질문을 하자 고개를 갸웃거렸다.

왜 지금에 와서 그런 질문을 하는지 알 수가 없었다.

이젠 자신은 얼마 안 있으면 군을 나갈 것인데, 무엇 때문에 이런 질문을 하는 것일까?

성환은 오늘 세창의 모습이 이상하다 생각했다.

언제나 조국을 걱정하고 또 대한민국 군의 역할을 역설하던 세창이 오늘은 무척이나 감상적이고 격정적으로 물어보는 것이 이상했다.

"뭐 네가 물어보니 내 생각을 들려주지. 아직도 그 생각에 변함이 없다. 나라가 잘못된 길로 가고 있다면 누군가 나서서 바로 잡아야 하지 않겠냐? 물론 군은 본연의 임무를 수행해야 한다."

"그래 너도 그동안 봐서 알겠지만 위정자들은 국민의 대표가 아닌 자신의 사욕을 위해 움직이는 돼지가 되었다. 가진 바 권력을 행사할 줄은 알지만 의무는 지지 않으려고 하고 있다. 그리고 또 재벌들은 어떠하냐? 한 푼의 이득을 위해 더러운 짓도 서슴지 않고 행한다. 중소기업이 피와 땀 그리고 시간을 들여 개발한 신기술을 기술 협력이라는 이름으로 다리를 걸치고 들어가 빠져나올 수 없는 함정을 파고 파멸을 시킨다. 그렇게 획득한 기술을 자신의 기술인 것처럼 사용해 돈을 벌고 있다."

세창은 자신이 알고 있는 사회 불합리한 부분을 꼬집으며 사회 지도층이라고 하는 이들의 비리에 관해 성토를 했다.

모든 이야기를 끝낸 세창은 진지하게 성환에게 말을 하였다.

"그런데 만약에 말이다……. 네가 그런 불합리한 것들을 바꿀 기회가 있다면 어떻게 하겠냐?"

느닷없이 세창이 그럴 기회가 생긴다면 어떻게 하겠냐는 질문에 성환은 눈을 동그랗게 떴다.

"뭐 기회가 된다면……."

성환은 별 생각 없이 말을 하였다.

하지만 성환의 대답에 최세창은 입가에 미소를 지으며

걸려들었다는 표정을 지었다.

"내일이면 너도 알게 되겠지만 미리 알려 줄게."

"......?"

"군에서 새 프로젝트를 진행하기로 했다."

"새 프로젝트?"

"그래, 사회정화 프로젝트로서 예전 공화국 시절 실시했던 삼청교육대를 새롭게 보완해 다시 진행하기로 했다."

"그게 지금 가능하다고 생각 하냐?"

성환은 최세창이 문제가 많았던 삼청교육대를 언급하자 말도 되지 않는다는 듯 소리쳤다.

하지만 최세창도 물러나지 않고 말을 했다.

"그때 그대로 실시할 생각은 없다. 네 말대로 시대가 바뀌었으니 시대에 맞게 고쳐야지."

시대가 바뀌면 사람의 생각도 바뀐다.

예전 삼청교육대에 관해 찬성을 하는 사람도 또 반대를 하는 사람도 있다.

그때 억울한 피해를 입은 사람들은 그 이름에 치를 떨지만 그렇지 않고 깡패들과 같은 범죄자들에게 고통을 받던 사람들에게는 구원의 이름이다.

당시 사회 정화라는 명제 아래 범죄자들을 소탕하기 위해 많은 인력이 동원이 되었다.

이때 많은 조직폭력배들이 잡혀가 군인들의 감시 아래 정화 운동을 했다.

말이 운동이지 전쟁포로 못지않은 잔혹한 행위를 벌였다.

자유도 없고 엄정한 규칙 속에서 조금만 벗어나도 처벌이 내려졌다.

작게는 구타에서 크게는 재판 없이 사형까지 행해졌다.

그게 문제가 되었는데, 이제와 또 다시 그런 일을 하겠다는 최세창의 말에 성환은 할 말을 잊었다.

"네가 걱정하는 것이 뭔지 잘 알고 있다. 하지만 군도 세월이 변하면서 진화를 했다. 이 프로젝트는 표면적으로 군은 관여하지 않는다."

성환은 의문이 들었다.

군이 나서지 않는다면서 어떻게 프로젝트를 진행한단 말인가?

그런 의문에 되물었다.

"그럼?"

"그야 당연히 네가 해 줘야지."

최세창의 말은 너무도 황당했다.

군을 나가는 자신보고 그 일을 해 달라니 이게 말이 되는 소리인가?

"내가 그 일을 왜 해야 하는데?"

"그건 네가 잘 알고 있지 않냐?"

"네가 잘 알고 있다고?"

"그래, 요즘 네가 하고 있는 일을 알고 있다. 그런데 그렇게 해서 복수가 끝날 것이라 보냐?"

"그건 또 무슨 소리지?"

"넌 네가 복수를 하려는 자들의 뒤에 누가 있는지 생각하지 않냐?"

성환은 최세창이 하는 말을 곰곰이 생각해 보았다.

현재 자신에게 남은 복수의 대상은 두 명.

김병두와 이세건 이 두 사람만 처리하면 자신의 복수는 끝난다.

그런데 지금 최세창은 그게 아니란 듯 말을 하고 있었다.

"뭐가 더 있다는 것이지?"

"넌 지금 실수하고 있다. 그 두 사람 뒤에는 괴물이 도사리고 있지."

"괴물?"

"그래, 괴물. 가히 괴물이라 불리는 두 사람 말이다."

"누군데?"

"김병두 의원의 아버지인 김한수 의원과 이세건 사장의 장인인 박춘삼 회장이다."

성환은 그제야 자신이 뭔가 놓치고 있는지 깨달았다.

김병두가 국회의원이란 생각만 했지 그의 아버지인 김한수 의원이 여당의 최고 위원이라는 것은 생각하지 못했다.

너무 앞만 보고 달리다 보니 나무만 보고 숲은 보지 못한 격이었다.

"정계의 거목인 김한수 의원과 재계의 거인인 박춘삼 최장을 꺾어야만 네 복수가 완료될 것이다."

성환은 세창의 이야기를 듣고 나서 그제야 세창의 말을 이해할 수가 있었다.

자신이 위협적이라고 생각했던 최만수나 이진원은 사실 김한수나 박춘삼에 비하면 태양과 반딧불과의 차이였다.

한참을 생각하던 성환은 조금 전 최세창이 한 말을 곱씹었다.

"그럼 어떻게 해야 내 복수를 끝낼 수 있다는 것이냐?"

"네가 그들만큼의 힘을 키우면 되는 거지."

"힘을 기른다?"

"그래, 만약 네가 대한민국의 암흑가를 장악했다고 하자, 그럼 네 복수를 하는 것은 여반장이라 생각하는데, 네 생각은 어떠냐?"

최세창은 성환에게 대한민국의 암흑가를 통일하라는 말을 했다.

왜?

무엇 때문에 자신에게 그런 말을 하는지 생각해 보았
다.

"김한수나 박춘삼이 정상적으로 지금의 위치에 올랐다
고 생각하냐? 난 아니라고 본다. 분명 그들은 지금의 위
치에 오르기 위해선 많은 더러운 짓을 했을 게 분명하다.
만약 네가 암흑가를 평정하면 어디엔가 그들이 그동안 벌
였던 짓들의 증거나 남아 있을 것이다. 그러니……."

성환은 최세창의 이야기를 듣다 보니 그의 말이 맞았
다.

정치인이 그리고 장사꾼이 그 정도 위치에 오르기 위해
선 그 앞을 막는 정적들을 거꾸러뜨리고 밟고 올라가야만
했을 것이다.

그리고 그러기 위해선 그들의 더러운 일을 처리해 줄
손발이 필요했을 것이 분명했다.

그러다보면 어디엔가 그들이 흘렸을 흔적들이 남아 있
을 것이다.

성환은 김한수 의원의 손발 중 하나를 알고 있다.

바로 자신이 처리를 하지 않았는가?

"내게 생각할 시간을 줘."

"알았다. 아마 이 일을 수락한다면 네 전역 신청은 바
로 수리될 것이다."

최세창은 성환의 하자 웃으며 말을 하고 자리에서 일어났다.

그가 떠난 뒤에도 성환은 그 자리에서 한참을 떠나간 세창이 한 말을 곱씹었다.

〈『코리아갓파더』 제3권에서 계속〉

코리아 갓파더

1판 1쇄 찍음 2013년 10월 4일
1판 1쇄 펴냄 2013년 10월 10일

지은이 | 정사부
펴낸이 | 정 필
펴낸곳 | 도서출판 뿔미디어

편집장 | 이재권
기획 · 편집 | 윤영상
편집디자인 | 이진선

출판등록 | 2002년 9월 11일 (제1081-1-132호)
주소 | 부천시 원미구 상3동 533-3 아트프라자 503호 (우)420-861
전화 | 032)651-6513 / 팩스 032)651-6094
E-mail | bbulmedia@hanmail.net

값 8,000원

ISBN 978-89-6775-520-1 04810
ISBN 978-89-6775-518-8 04810 (세트)